メディアワークス文庫

どうも、前世で殺戮の魔道具を作っていた子爵令嬢です。2

優木凛々

目　次

第一章

プロローグ　薬師《くすし》ココ、いつも通りの朝を迎える

星が消え、空がぼうっと白っぽくなりはじめる早朝。

朝靄《あさもや》に包まれたルイーネ王国の辺境の街サイファにて、朝の恒例行事が行われていた。

ドンドン！　ドンドン！

「おい！　薬屋！　起きろ！　朝だぞ！」

遠くから、木のドアを強い力で叩《たた》く音と、男性の大きな声が聞こえてくる。

「うーん……、もう、朝か……」

机に突っ伏していたクロエが、寝ぼけまなこで顔を上げると、そこは薄暗くて雑然とした作業場だった。窓から差し込む青白い夜明け前の光が、机上の試験管たちをぼんやり照らしている。

彼女はのろのろと立ち上がると、「また寝落ちしてしまったわ」と大きく伸びをし

ながら、壁に掛かっている柱時計を見上げた。

「本当だわ、五時半。店、開けないと」

作業場の隅で、冷たい水で顔を洗い、置いてあった瓶の底に残っている水を飲む。

そして、茶色い髪を手櫛《てぐし》で軽く整えて丸眼鏡をかけると、男物の上着を羽織って、店舗に繋《つな》がる木製のドアを開けた。

ドアの先は白壁の小さな店舗で、木のカウンターが、窓から差し込む朝の光に静かに照らされている。

外からドアを叩く音と、「薬屋！　起きろ！」という声が大きくなる。

クロエは「急がないと」とつぶやくと、作業場から木箱を抱えて、ヨロヨロと運び始めた。

中にぎっしり詰まった小さなガラス瓶たちが、カチャカチャと音を立てる。

クロエは、木箱を「よいしょ」とカウンターの上に置くと、窓にかかっている白いカーテンを開けた。閂《かんぬき》を外してマホガニーの頑丈なドアを開ける。

「お待たせしました」

先頭に立っていた盾を背負った男性が、クロエを見て苦笑いした。

「お前、また机の上で寝ていただろ」

「え」

「顔についてんぞ、跡」

そう言われて、クロエが指で頬をなぞると、くっきり線状の跡がついているのが分かる。

そういえば、本がいい感じに枕になっていたわね、と思い出しながら、クロエはドアを開け放った。

「どうぞ、開店です」

客たちを中に招き入れると、クロエはカウンターの奥に立った。

「今日も回復薬は一人三本までです」

「じゃあ、回復薬三本と、造血剤二本くれ」

「はい、金貨一枚です」

「いつもありがとな、また来るぜ！」

男性が笑顔で帰っていく。

次の女性も、回復薬と解毒薬を買うと「助かったわ、またね」とニコニコしながら帰っていく。

そして、接客をすること約三十分。

最後の一本を買った客が「ありがとう」と満足げに帰るのを見送ると、クロエは掛札二枚を手に持って店の外に出た。

外は、白壁とレンガ色の瓦屋根の建物が並ぶ、石畳の大通りだ。朝のひんやりとした空気の中、ゆったりとした服を着た人々が、朝日に照らされながら忙しそうに歩いている。

少し埃《ほこり》っぽい空気を吸い込みながら、クロエは、ぐぐーっと伸びをした。

「今日も一日はじまったわね」

そして、手に持っていた掛札をドアに掛けると、小さくあくびをした。

「さて、もうひと眠りしますか」

起きたら古代魔道具の分析の続きをしようと考えながら、店の中へと戻っていく。

閉められたドアの外には、二枚の札が揺れていた。

『薬屋ココ、本日分の薬、売り切れました』

『ただいま休憩中、午後の営業は一時から三時まで』

クロエが母国ブライト王国からサイファの街に移り住んで約一年の、冬の終わりのことであった。

一・魔道具を改造する

春の訪れを感じさせる暖かな日差しが心地よい、よく晴れた午後。

大きな革の肩掛け鞄《かばん》を下げたクロエが、冒険者ギルドに向かって街を歩いていた。

白い石畳の上を進んでいくと、中央広場にある美しい水を湛《たた》えた女神像が見えてくる。

(今日も綺麗《きれい》ね)

女神像に軽く微笑《ほほえ》みかけると、活気に満《み》ち溢《あふ》れた商店街を通り抜け、中央通りの中でもひときわ大きな建物に入る。

受付に声を掛けると、すぐに褐色の肌に金髪の、いかにも文官といった雰囲気の眼鏡の青年――担当のアルベルトが出てきてくれた。

彼はクロエを見て、嬉《うれ》しそうに目を細めた。

「こんにちは、ココさん」

「こんにちは、先日はご馳走《ちそう》さまでした」

「いえいえ、こちらこそありがとうございました。とても楽しかったです」

クロエに笑顔を向けられ、アルベルトが表情を隠すように片手で眼鏡を上げる。軽く咳払《せきばら》いをすると、誤魔化すように口を開いた。

「ええっと、今日は解毒薬の件で来られたのですよね。どうぞこちらへ」

案内されたのは、高そうな絵が飾られた応接室だ。革張りのソファに座って待っていると、ドアが開いて、一人の風格がある白髭《しろひげ》の老人が入ってきた。

「ほっほっほ。待たせたの、ココさん」

「お久しぶりです。会長」

この老人の名前は、ブラッドリー。

ルイーネ王国冒険者ギルドの会長で、アルベルトの大叔父でもある人物だ。

普段は王都の本部にいるが、時々こうやって機密性の高い分析を高額で依頼しに来てくれる、お得意様でもある。

彼は、ニコニコしながらクロエの正面に座った。

「頼んだ毒の中和剤ができたと聞いて飛んで来たんじゃ。見せてもらえるかの」

「はい、もちろんです」

彼女は、鞄から頑丈そうな木箱を取り出してローテーブルの上に置いた。中から薄緑色の液体の入ったフラスコと、細かい字がびっしり書き込まれた紙束を取り出す。

「こちらが中和剤で、こちらが製法です。分析の結果、出血系の毒物でした」

「大したものじゃ、これがあれば大助かりじゃ」

ブラッドリーが片手で髭を触りながら、感心したように目を細める。

彼の話では、地下洞窟《ダンジョン》内に、一般的な解毒薬が効きにくい毒を持つ蛇が多く出る場所があり、冒険者にかなり被害が出ていたらしい。

話を聞きながら、クロエは不思議な気持ちになった。

前世の彼女は、兵器作りに活用するべく、かなり深く毒の研究をしていた。今行っている分析や中和剤の調合は、このとき得た知識を利用している。

(あの当時は、毒の知識で人を助けられるなんて思いもしなかったわね)

でも、これぞ有意義な知識の活用方法という気がする。

(平和な世の中に生まれて、こうやって知識を活用できるのは幸せなことだわ)

そして、薬についての説明が終わり、納品書にサインをしてもらっていた、そのとき。

コンコン、とドアをノックする音と、アルベルトの声が聞こえてきた。

「次の会議の資料をお持ちしました」

「もうそんな時間か、入っていいぞ」

ドアが開いて、アルベルトが「失礼します」とワゴンを押して入ってくる。

帰る支度をしながら何気なくワゴンの上に目をやって、クロエは思わず目を見開いた。

(あれって、記録玉よね)

それは二年ほど前に、クロエが兄テオドールのためにブライト王国で開発した魔道具だった。握り拳ほどの大きさの水晶玉と、卓上鏡ほどの大きさの黒い板がセットになっており、水晶玉に映った映像を、黒い板に映すことができる。

(こんなところで自分の開発した魔道具《こ》《の》《子》と会えるなんて思わなかったわ)

そう感慨深くながめていると、アルベルトが尋ねてきた。

「ココさん、これをご存じなのですか?」

「はい、記録玉ですよね。何に使っているんですか?」

クロエの問いに、ブラッドリーが答えた。

「新地下洞窟《ダンジョン》への調査探索に持たせておるのじゃ。少し見てみるかの?」

「はい、ぜひ」

地下洞窟《ダンジョン》内の撮影に使うなんて画期的だわ、と感心しながらクロエがうなずく。

アルベルトが黒い板を彼女の前に置いて、水晶玉に軽く魔力を流しながら操作する。

しばらくして、板に白黒の映像が浮かび上がった。

つるりとした壁に囲まれた広い空間に、丸みを帯びた大きな岩らしきものが点在しており、天井からは氷柱のようなものが垂れ下がっている。

見たことのない光景に、クロエは思わず身を乗り出した。

「へえ、これが地下洞窟《ダンジョン》内部ですか」

「数か月前に発見された新地下洞窟《ダンジョン》のものです。今までは偵察隊の報告のみだったのですが、今後は、この記録玉で撮影したものを資料として付けることになったのです」

「なるほど、確かに映像があった方が分かりやすいですね」

クロエが感心してそう口にすると、ブラッドリーがため息をついた。

「確かに分かりやすいが、問題もあってのお」

自分の魔道具に対する聞き捨てならない言葉に、クロエは思わず眉を顰《ひそ》めた。

「……なんですか、問題って」

ブラッドリーが「これじゃ」と映像の中央部を指差した。

それは親指ほどの大きさの白いぼんやりとした何かで、のろのろと近づいてきて、こちらに向かってゆっくりとジャンプしてくる。

「これは何じゃと思う？」

クロエは、映像に顔を近づけると、白い何かを凝視した。

生き物っぽいなとは思うが、動きも鈍いしぼんやりしているので、どんな動物なのか見当がつかない。

（カメかしら？　でもカメはジャンプしないわよね）

首をかしげていると、アルベルトが正解を教えてくれた。

「これは、火を噴く巨大な狼《おおかみ》です。大きさはシカほどもあったそうです」

「え、巨大な狼？」

まさかの正解に、驚いて映像を凝視するが、どうがんばっても巨大な狼には見えない。

アルベルト曰《いわ》く、映像内の魔獣の全てが、こういった動きの鈍いぼんやりとした塊に映っているらしい。

ブラッドリーが難しい顔をして腕を組んだ。

「地下洞窟《ダンジョン》探索の一番の脅威は魔獣なのじゃが、それが映らないせいで、『地下洞窟《ダンジョン》の魔獣が危険だと聞いていたが、実は大袈裟《おおげさ》に言っていたんじゃないか』と言い出す貴族が出てきての」

今、冒険者ギルドでは『冒険者のための保険制度』を設立したいと考えているのだが、お金を出したくない貴族たちが、この映像を理由に反対しているらしい。

クロエは考え込んだ。

（確かに、これだと、とても危険な魔獣には見えないわね）

そもそもこの魔道具は、「適度な明るさのある玄関に誰が来たか」を映すためのものので、暗い地下洞窟《ダンジョン》で素早く動く魔獣を撮影するためのものではない。映らなくて当然と言えば当然だ。

でも、自分の開発した魔道具がきっかけで、お世話になっている冒険者たちに不都合が発生してしまうのは宜《よろ》しくないし、何より使用用途が違うとはいえ、自分の魔道具が「問題がある」と言われてしまうなんて我慢できない。

（……これは、がんばるしかないわね）

次の会議が始まるという二人に、「良《い》い物を見せていただいてありがとうございました」とお礼を言い、クロエは勢いよくギルド本部を出た。

商店街に直行し、板や水晶玉など、必要な材料を買い集める。

そして、薬屋に戻り、夕食を忘れて作業に没頭すること半日。現在出回っているものと同じ記録玉を完成させた。

◇◇◇

翌日お昼過ぎ。

午後の営業を終えたクロエは、店を出て街の道具屋に向かった。

出迎えてくれたのは、道具屋のお姉さんこと、目元の泣き黒子《ぼくろ》が色っぽい、ナタリア。彼女は艶のある栗色《くりいろ》の髪の毛を搔《か》き上《あ》げると、愛想よく微笑んだ。

「こんにちは、ココさん、何かお探し？」

「今日はナタリアさんの飼っている犬をお借りしたいと思いまして」

神妙な顔で「お願いします」と頭を下げるクロエに、ナタリアが長い睫毛《まつげ》をしばたたかせた。

「……ええっと、どうして？」

「魔道具で動物を撮影したいのです。危険はありませんし、もちろん夕方にはお返しします。お礼もします」

昨日ギルドで見た記録玉の映像には、動く動物が全く映っていなかった。ということは、動物がちゃんと映るように機能を調整していけば良いということだ。

（ナタリアさんの家の犬が映れば、きっと地下洞窟内《ダンジョン》の魔獣も映るはず）

まさか地下洞窟内《ダンジョン》の魔獣の代替に愛犬が使われようとしていることなど露知らず、ナタリアが、ふうん、という顔で首をかしげた。

「よく分からないけど、まあいいわよ。ココさんにはいつもお世話になってるし」

その後、ナタリアの犬だという、白いふわふわの小型犬と一緒に薬屋に戻る。

裏庭や地下室で、犬を撮影しては機能を修正し、また撮影しては修正し、を繰り返す。

そして、没頭すること数時間後。

クロエは、横目でおやつを楽しそうに食べる犬を見ながら、裏庭の椅子に座って黒い板を満足げにながめていた。

（だいぶいい感じになったわ）

最初は、ただ白い何かがのろのろと動いているようにしか映らなかった。しかし、試行錯誤の結果、全速力で走ったりジャンプしたりする様子や、犬歯をむき出しにしておやつを齧《かじ》る様子などが、鮮明に映るようになった。

暗い地下室での撮影でも同様に映るから、これなら巨大狼も鮮明に映せそうだ。

（……でも、もっと迫力が必要だと思うのよね）

昨日、ブラッドリーは、お金を出したくない貴族が「地下洞窟《ダンジョン》の魔獣が危険だと聞いていたが、実は大袈裟に言っていたんじゃないか」と騒いでいる、と言っていた。であれば、ものすごい迫力の映像を見せて、心から納得してもらった方が、お金を気持ち良く出してもらえるのではないだろうか。

すっかり懐いた犬と、綱のひっぱり遊びをしながら、どうすれば迫力が出るだろうかと思案に暮れる。

そして、日が暮れ始めてしばらくして。

クロエは犬を連れて再び道具屋に向かった。

道具屋で「ありがとうございます」とお礼の回復薬を添えて犬を返すと、「君もありがとう、またね」と犬に手を振って、紺色の空に浮かぶ白い三日月をながめながら、薬屋に戻る。

そして、薬屋の中に入ろうと鍵束を取り出して、彼女は、ふと自分が朝からほとんど何も食べていないことを思い出した。

「……夜くらい食べた方がいいわよね」

そうつぶやくと、彼女はくるりと方向転換して、隣の『虎の尾亭』に向かった。入り口の扉に手をかけると、カランカラン、とドアベルが鳴り、店内のオレンジ色の柔らかい光が、ドアの隙間から漏れ出る。

中に入ると、暖かい光に照らされた店内で、五人ほどの冒険者たちがにぎやかに飲食をしていた。

（この時間はまだ空《す》いているわね）

「よう！　薬屋！」「明日は寝坊するなよ！」と声をかけてくる酔っ払いたちに軽く手を振りながら、店の奥にあるカウンターに座る。

今日も元気そうなチェルシーが、人懐こい笑顔を浮かべながら近づいてきた。

「いらっしゃい、ココさん！　今日もいつものですか？」

「はい、お願いします」

「ココさんに、日替わり定食です！」

チェルシーが、厨房《ちゅうぼう》に向かって明るく声を張り上げると、「また来ますね」とオレンジ色のツインテールを揺らしながら、別のテーブルへと走っていく。

クロエはカウンターに頬杖《ほおづえ》をつくと、料理を待ちながら考えごとを始めた。後ろから聞こえる大きな笑い声を聞きつつ、どうやったら映像に迫力が出るかについて考えを巡らせる。色を付けることを思いつくが、色が分かってもあまり迫力にはつながらないかしらね、などと考える。

　そしてしばらくして、マスターが彼女の目の前に、湯気の立つ定食が載ったお盆を置いた。

「日替わりだ」

　クロエは、我に返ると「ありがとう」と言いながら、料理を覗《のぞ》き込《こ》んだ。

　今日のメニューは、香草をまぶした豚肉をこんがり焼いたものと、チーズがたっぷりのソーセージピザで、熱した溶岩プレートの上でジュウジュウと音を立てている。焼けた肉の香ばしい香りと、チーズの芳醇《ほうじゅん》な香りが食欲をそそる。

「美味《おい》しそう！　いただきます！」

　豚肉をナイフで切って口に運び、クロエはうっとりした。分厚い肉から溢れ出る肉汁がたまらない。

　彼女の幸せそうな顔を見て、マスターが満足そうに厨房に戻っていく。

　もぐもぐと口を動かしながら、クロエは再び記録玉について考え始めた。

　手が空いたらしいチェルシーが、カウンター越しに座ると、彼女に向かってニコニコ笑いかけた。

「どうしたの、ココさん、難しい顔して。魔道具の悩み？」

「当たり、どうして分かったの？」

「だって、ココさんが悩むなんて、魔道具以外ないじゃない」

クロエは苦笑いした。確かにそうかもしれない。

そして、ふと思い出して口を開いた。

「そういえば、マスターって、元冒険者なんですよね？」

カウンターの奥でお酒を作りながら、マスターが無言でうなずく。

「マスターは、地下洞窟《ダンジョン》に出てくる魔獣って、どこが怖いと思います？」

自分には分からない魔獣の怖さみたいなものがあるのではないだろうか、という思いから出た質問だ。

マスターは出来上がったお酒をチェルシーに渡すと、考えるように腕を組んだ。

「……まあ、まずは大きさだろうな。地下洞窟《ダンジョン》内は、つまんねえネズミでさえ猫くらいあるからな」

なるほど、大きさね、とうなずくクロエに、マスターが続けた。

「あとは、まあ、声だろうな」

「声、ですか」

「ああ、威嚇の唸《うな》り声、遠吠《とおぼ》え、どれも殺気が乗っている」

すると、話を聞いていたらしい後ろに座っていた冒険者たちが、口々に言い始めた。

「そうだな、魔獣の声はヤバいな」

「大型魔獣の威嚇とか、マジで漏らしそうになる」

「新人とか、声聞いただけで動けなくなるからな」

地下洞窟《ダンジョン》内の音の話題で盛り上がる冒険者たちをながめながら、クロエは考え込んだ。

（これはすごく良いヒントをもらった気がする。

（つまり、大きさと声を何とかできれば、ヤバい迫力になるってことよね）

これは絶対にすごい物ができるわ！　と胸を躍らせる。

そして、矢も盾もたまらず、マスターにお礼を言ってお金を払うと、全速力で薬屋に戻って作業場に飛び込んだ。

（さあ、やるわよ！）


そこからクロエは寝食を忘れ、不眠不休で開発に没頭した。

マスターからもらったヒントを最大限に生かすべく、何度も試行錯誤を繰り返す。

そして、三日目の夕方、遂《つい》に、地下洞窟《ダンジョン》の脅威を余すところなく伝えることができる『記録玉（改）』の試作品が完成した。

（やったわ！）

クロエは、出来上がった試作品を抱きしめた。不眠不休と栄養不足により体はボロボロだが、心は軽やかだ。

そして、出来上がった試作品を満足げに撫《な》でながら、「あなたの役割は『貴族たちに地下洞窟《ダンジョン》の怖さを教えてあげる』ことよ」と優しく言い聞かせると、さてここからどうしようと思案に暮れた。

（どうやってブラッドリーさんに渡せばいいのかしら）

そして、

「こういうのは、ランズ会長に任せれば、きっと何とかしてくれるわよね」

と、設計書と試作品を荷物にまとめ、

「かくかくしかじかな事情なので、何とかして下さい。あと、お兄様にも一応伝えておいて下さい」

という雑な手紙と共に、ランズ商会に送付。丸投《まるな》げ

「はあ、楽しかった」と満足げにつぶやくと、ベッドにもぐりこんで、深い眠りへと落ちていった。

◇◇◇

クロエが、記録玉（改）の開発を終えた約三週間後。

春の雨が、静かに背の高い建物に降り注ぐ、お昼過ぎ。ルイーネ王国の王都にある冒険者ギルド本部の大会議室にて、役員会議が行われていた。

出席者は、冒険者ギルドの役員を務める貴族十余名と、会長ブラッドリー他、ギルド職員数名だ。

ブラッドリー以外は、皆一様に難しい顔をしている。

ギルド副会長である白髪交じりの体格の良い男性が口を開いた。

「それでは、お手元にある資料をご覧ください。本日の議題は『冒険者の保険制度設立について』です」

貴族の何人かが露骨に顔を顰《しか》める中、副会長が淡々と説明を始めた。

危険を冒して地下洞窟《ダンジョン》探索をする冒険者の怪我《けが》に対する補償が全くといっていいほど足りていないこと。冒険者のための保険制度を設立して、怪我をして働けなくなった際に補償できる環境を整えたいこと。

そして、制度設立の際には、役員である貴族たちからの多額の出資が不可欠であること。

話が終わり、会議室が、シンと静まり返る。

そんななか、中年の髭を生やした貴族男性が尊大な口調で話し始めた。

「ふむ、言いたいことは理解した。冒険者の安全についてては、我々も気にするところではある。しかし、本当にそこまでの補償が必要なのかについては、甚だ疑問と言わざるを得ないな」

その右隣に座っていた痩せぎすの貴族が、コクコクとうなずいた。

「そうですねえ。この前公開された記録玉の映像を見る限り、地下洞窟《ダンジョン》が言われているほど危険な場所には見えませんでしたし」

髭の貴族男性の左隣に座っている太った貴族が、朗らかに口を開いた。

「確かにそれは思いましたなあ。あのくらいの魔獣なら、私の弓で一発なんじゃないかと。まあ、これは軽い冗談ですが。はっはっは」

全く笑えない冗談に、反対派の貴族たちも同調して笑う。

「手厚く補償などせずとも、今のままで十分でしょう」

「ええ、手厚くする理由が見当たりません」

などと口々に言い始めた。

ちなみに彼らは地下洞窟《ダンジョン》の出土品で儲《もう》けている、いわゆる貴族至上主義の貴族たちで、多額の出資が伴うこの制度を潰そうと徒党を組んでいた。

髭の貴族が、痩せぎすの貴族に耳打ちした。

「ギルドも厄介なことを言いだすものだ。保険制度など導入しても、一銭の得にもならん」

「まったくですよ。冒険者はほとんどが学のない力自慢なだけの平民です。幾らでも代わりがいます。そんな奴《やつ》らのためにこれ以上出資するなんて、金の無駄です」

「まあ、我々が理由をつけて議論を長引かせれば、ギルドも諦めるだろう」

そして、反対派の貴族たちが、「我々が納得する材料を用意して頂かないと、賛成できるものも賛成できませんな」と表明した、そのとき。

黙って話を聞いていたブラッドリーが、にこやかに口を開いた。

「なるほど。では、地下洞窟《ダンジョン》が危険だという証拠があれば、制度の設立に賛成するというわけじゃな？」

「ええ、もちろんですよ」

「我々は、理由がないから反対しているだけですから」

一斉にうなずく反対派の貴族たちを見て、ブラッドリーがニヤリと笑う。職員たちに合図すると、笑顔で立ち上がった。

「では、証拠をお見せしましょうかの」

「……は？」

訝《いぶか》しげな顔をする貴族たちを尻目に、職員たちが会議室のカーテンを閉めていく。

そして、真っ暗になった会議室の前方で、ランプのぼんやりとした明かりに照らされたブラッドリーが口を開いた。

「実は、ブライト王国を本拠地にするランズ商会から、新しい記録玉の試作品の提供がありましての」

「試作品？」

「機能の改善のために、ぜひルイーネ王国の冒険者ギルドに協力をお願いしたいと」

貴族たちがざわめいた。

記録玉といえば、ブライト王国きっての天才魔道具師が開発した、超画期的な魔道具だ。その改善のための協力を依頼されるなんて、ものすごいことなんじゃないだろうか。

貴族の一人が身を乗り出した。

「なんと！　では、その試作品がこの場にあるということか⁉」

「はい、ございます。これから見て頂くのがそれです」

副会長の答えに、会場がわっと沸いた。

試作品ということは、世に出ていないということだ。先進的な魔道具の情報を、他者に先駆けて手に入れられる！

「では、見て頂きます」

貴族たちがギラギラと目を光らせる中、ランプが消され、部屋が真っ暗になる。

しばらくして、白い壁いっぱいに白黒の鮮明な映像が映った。

画面の中央には冒険者と思われる男が映し出され、会議室に、ジャリッジャリッという、男の靴が砂利を踏みつける音が大きく響く。

貴族たちが驚きの声を上げた。

「なんと、ここまで大きく見られるのか」

「今までとは比較にならないほど鮮明だ」

「しかも、音まで！　これは革命的ですな」

ギルド副会長が、映像の中央に映る男の横に並んだ。

「この通り、この映像は実際の大きさとほぼ同じと考えて頂いて結構です」

貴族たちが、なるほどなるほど、と興奮気味にうなずく。

――と、そのとき。

ワオーン、という遠吠えが会議室に響き渡った。続いて聞こえてくる、グルルル、という聞いたことがないほど物騒な低い唸り声。

「な、なんだ、この声は？」

貴族たちが不安げな表情をするなか、映像内に映っている男が叫んだ。

『グレイトウルフだ！　警戒しろ！』

画面が止まり、映像内の男が前方を睨《にら》みつけながら、剣と盾を構えた。

その只事《ただごと》ではない雰囲気に、会議室が緊張感に包まれる。

そして、次の瞬間。

画面の奥から、そのへんの狼など比較にならないほど獰猛《どうもう》な顔をした巨大な狼が現れた。心臓が凍り付くような恐ろしい唸り声を上げながら冒険者を睨《ね》めつける。

貴族の誰かが「ひぃぃ」と情けない声を上げるが、映像は止まらない。

巨大な狼は研ぎたてのナイフのような鋭い牙をむき出すと、咆哮《ほうこう》を上げながら、恐ろしい勢いで冒険者に襲い掛かった。

「ぎゃあああ！」

「うわああ！」

迫りくる狼の映像に、貴族たちが悲鳴を上げた。

会議室から脱兎《だっと》のごとく逃げ出す者、椅子から倒れる者、腰を抜かす者など、会議室は阿鼻《あび》叫喚《きょうかん》だ。

先ほど「魔獣など私の弓で一発だ」と言っていた反対派の貴族が、たまりかねたように床にしゃがみ込むと、両手で耳を押さえながら大声で喚《わめ》いた。

「分かった！　もう分かったから、お願いだから止めてくれ！」

ブラッドリーが笑顔で「ここからが格好いいところなんじゃがのう」と言いながら、職員に対して記録玉を止めるように合図する。

その後、小一時間ほど挟んで会議は再開され、青い顔をした貴族たちの協力のもと、無事保険制度が導入されることになった。

◇◇◇

ルイーネ王国の王都で、記録玉（改）が大活躍してから一週間後。

クロエは、街の中心から少し離れたところに新しくできた肉料理が美味しいと評判の、小さなレストランを訪れていた。

ウエイトレスに案内されて花の飾られた店内に入ると、すでに席に座っていたアルベルトが嬉しそうな表情を浮かべた。

「こんにちは、ココさん」

「こんにちは、美味しそうな店ですね」

「私も最近知りまして、ぜひココさんと一緒に来ようと思ったのです」

そう言いながら、アルベルトが気遣わしげな表情を浮かべた。

「最近ギルドにもいらしてませんでしたし、何かあったのですか？」

「ええ、まあ、ちょっと色々やっていまして」

そう言いながら、クロエは苦笑いした。

記録玉（改）の一切をランズ商会に丸投げしたところ、その数日後に、目を三角にしたランズ会長が店に現れた。そして、やれ特許変更申請書を書け、やれ書類に不備があるから直せ、など散々叩かれた上に、「あんたには目立たないようにしようという気概が足りない！」と怒られ、ここ最近とても大変だったのだ。

疲れた顔のクロエを見て、アルベルトが「まあ、美味しい物でも食べて元気になってください」と慰める。

　二人は、運ばれてきた厚切り肉の炭火焼きに舌鼓を打ちながら、会話をはじめた。

最近街で起きた出来事や、冒険者ギルドの話など、話が弾む。

楽しそうに食事をするクロエを、アルベルトが嬉しそうに見る。

そして、デザートが運ばれてくる頃になって、彼は片手で眼鏡を上げると、真面目な顔で座り直した。

「ココさん、実はブラッドリー会長の手伝いをすることになりまして、急遽《きゅうきょ》来週からアレッタの街に、三か月ほど赴任することになりました」

　急な告白に、クロエは軽く目を見開いた。

「え、そうなんですか？」

「はい。実は、以前お話しした冒険者保険制度の導入が可決されまして、人手が足りない状態になってしまったようなのです」

　クロエは胸を撫で下ろした。

「そうですか、可決されたんですね」

「はい。何でも秘密兵器を投入した結果、満場一致で決まったらしいです」

　秘密兵器って記録玉（改）のことね、と思いながら、クロエは内心にんまり笑った。

どうやら想像以上に上手《うま》くいったらしい。

（さすがはわたしの魔道具《うちのこ》だわ！）

アルベルト曰く、まずはアレッタの街で保険制度を試行してみるらしく、その臨時要員として赴任するらしい。

「……そうなんですね」

クロエは、目の前のティーカップに視線を落とした。

冒険者のための保険制度が可決されたのは嬉しい。でも、今まで店舗経営から生活面まで、きめ細やかに面倒を見てきてくれたアルベルトがいなくなることは不安だ。

アルベルトが、申し訳なさそうな顔をした。

「いない間のことは別の職員にお願いしていきますし、ギルド長もフォローしてくれると言っているので大丈夫だと思います」

気を遣わせるのは良くないわね、とクロエは顔を上げた。

「大丈夫です。アルベルトさんも気をつけてくださいね。ブラッドリーさん、結構人使い荒いですから」

アルベルトが笑いながら同意する。

そして、クロエに向かって優しく目を細めた。

「以前、二人で行った隣町の観光名所を覚えていますか？」

「あの景色の良いところですよね。確か夜景が綺麗だっていう」

「はい、戻ってきたら、あそこに泊まりがけで行きませんか」

そういえば、暖かくなったら行こうって話になっていたわねと思い出しながら、クロエがうなずいた。

「いいですよ。ぜひ行きたいです。夜景が綺麗に見える仕組みにも興味ありますし」

「綺麗に見える仕組みが気になるなんて、さすがはココさんですね」

そう苦笑すると、アルベルトは微笑んだ。

「ありがとうございます。積もる話もあるでしょうから、きっと楽しい旅行になりますね」

その後、二人は店を出た。アルベルトの提案で、街のすぐ隣にある美しい湖の周囲を会話しながら散策する。

そして、背中に夕日を浴びながら街に戻り、

「お見送り行きますね」

「ありがとうございます、楽しみにしています」

と約束を交わすと、オレンジ色の空の下、笑顔で手を振り合って別れた。

この二日後。アルベルトはクロエや他のギルド職員に見送られながら、寂しそうにアレッタの街へと赴任していった。

【幕間①】一方その頃

アルベルトがアレッタの街に向けて旅立ったその日。

王都の冒険者ギルド本部内にある執務室にて、ブラッドリーが体格の良いギルド副会長から報告を受けていた。

報告の内容は、新たに設立される冒険者の保険制度の進捗について。

ブラッドリーが満足そうにうなずいた。

「なるほど、アレッタの街の準備は順調というわけじゃな」

「はい、話を聞いた冒険者、特に家族を持つ者の多くが加入を希望しているそうです」

「ふむ、事前調査通りじゃの。人手不足の方はどうじゃ」

「来週中には解決する見込みです」

その後、幾つかの報告をしたあと、ギルド副会長がため息をついた。

「……しかし、まさかこんなにスムーズに事が運ぶとは思いませんでしたね」

「そうじゃのう、記録玉様々じゃな」

一か月ほど前、突然ランズ商会の会長から、ブラッドリーに面会したいという申し出があった。

ランズ商会といえば、隣国ブライト王国出身ながらも、ここルイーネ王国にも多くの拠点を持つ大商会だ。

ブラッドリーも、商会長のランズと何度か会ったことがある。

用件はよく分からないものの、何かあるのだろうとギルド本部で面会すると、彼はとんでもない物を持ってきた。

「これは、記録玉（改）の試作品です」

壁に大きく映し出されたのは、地下室らしき場所で元気に遊ぶ赤い首輪をした白いふわふわの犬。

映像は毛の一本一本が確認できるほど鮮明で、わんわん、という鳴き声や、おやつをガジガジと食べる音なども、まるでそばに犬がいるのではないかと錯覚しそうになるほど明瞭だ。

ブラッドリーは、呆気《あっけ》に取られて映像に見入った。ほんの数十秒見ただけで分かる。

これは確実に世界を変える代物だ。

それと同時に疑問も湧き上がった。ランズは、なぜこれを冒険者ギルドに持ってきたのか。しかも本拠地のあるブライト王国ではなくルイーネ王国の。

ブラッドリーにそう尋ねられ、ランズは難しい顔で腕を組んだ。

「正直に答えますと、私どもにもさっぱり分からんのです」

ランズ曰く、この魔道具の開発者が、ぜひルイーネ王国の冒険者ギルドにこれを使って欲しいと言っているらしい。

「その理由は何なのじゃ？」

「それもさっぱりでして」

嘘《うそ》を言っているようには見えないランズを見ながら、ブラッドリーは思った。なんじゃそりゃ、と。

「その開発者は、何か目的があるのかの？」

「多分ないと思います。まあ、研究したいから珍しい古代魔道具を融通して欲しいくらい言うかもしれませんが、恐らくそんなものかと」

「金は？」

「試供品なので無償でと申しております。この魔道具をお渡しする際は、そのような契約書を結ばせていただきますので、ご安心ください」

「……本当にそれだけか？」

「はい、あとは、この魔道具師に関することは守秘することも約束していただきたく思っておりますが、そのくらいです」

ブラッドリーは困惑した。

人生七十年、様々なことがあった。貴族の家に生まれ、しきたりが嫌だと家を飛び出して冒険者になり、様々な冒険を経てこの地位についた。こう言っては何だが、人生経験の多さには自信がある。

しかし、そんなブラッドリーをもってしても、目の前で起こっていることは意味不明過ぎた。

（どういうことじゃ？　一体何が目的でこんなことを？）

考え込むブラッドリーを、ランズが同情の目で見た。

「ええ、分かりますよ。ブラッドリー会長から見れば、隣国の会ったこともない天才魔道具師が、突然世の中をひっくり返しかねない大発明を無償で提供してきたようなものですからね。困惑されるのは当然です。――正直、私も未《いま》だにわけが分かりません」

なるほど、こやつも開発者に振り回されている側の人間か、と察するブラッドリー。

とりあえず検討するからとランズを返し、秘密裏にランズ商会の周辺も含めて詳細に調査した結果、一人の人物が浮かび上がった。

「……なるほどのう、ココさんが魔道具師クロエということか」

ランズ商会傘下の薬局が身元を保証している薬師で、大の古代魔道具好き。

天才魔道具師クロエ・マドネスが行方不明になったのとほぼ同時期に、サイファで働き始めている。

おまけに、少し前に、何度か赤い首輪をした白くてふわふわした犬と一緒に街を歩いていたらしい。

(そういえば、サイファで記録玉を見せた時、何か考えている風ではあったの)

色々と疑問はあるが、何はともあれ、相手がココなら安心だ。

その後、ブラッドリーはランズと無償提供と守秘義務の契約を結び、記録玉(改)を手に入れ、会議を乗り切った、という次第だ。


ギルド副会長が、くっくっく、と肩を震わせて笑い出した。

「貴族の方々には申し訳ないのですが、会議の時のアレは最高に面白かったですな」

「そうじゃな、わしも未だに思い出し笑いするわい」

いつも偉そうにふんぞり返り、冒険者を替えの利く物としか思っていない傲慢な貴族たちが、腰を抜かして悲鳴を上げる様子は実に痛快だった。

そうではない貴族たちを巻き込んでしまったのは申し訳なかったが、後から新魔道具を見られたとお礼を言われたので、結果としては悪くなかったのだろう。

副会長が、目の端の笑い涙をぬぐった。

「まあ、私も初めて見たとき、思わず構えてしまいましたから、自然な反応といえば、自然な反応だったのかもしれませんね」

「そうじゃの、あれを開発した魔道具師を褒《ほ》め称《たた》えるべきじゃな」

報告を終えた副会長が執務室を出ていったあと、ブラッドリーは立ち上がると、窓の外をながめた。

ギルド建物の前の通りを、たくさんの冒険者たちが行き来している。

保険制度が軌道に乗れば、彼らも彼らの家族も安心して生活することができるようになるだろう。

そんな未来に思いを馳《は》せながら、ブラッドリーは小さくつぶやいた。

「この恩は、いつか返さないといかんのう」

◇◇◇

一方その頃。

紺色のマントを着た美しい銀髪青眼の青年が、ルイーネ王国の郊外を走る馬車に一人揺られていた。

青年の名は、オスカー・ソリティド。

隣国ブライト王国のソリティド公爵家の令息で、騎士団に所属する騎士だ。

クロエの親友であるコンスタンスの兄であり、武術大会で二度の優勝に輝いた当代きっての剣の使い手でもある。

彼が、馬車から見える若草色の草原をながめがなら考えているのは、これから会いに行く有名な薬師のことだ。

「信頼できる人物であるといいが」

約三か月前。

彼は、騎士団の上官にあたる王弟セドリックから、衝撃的な話を聞かされた。

「証拠は何もない個人的な感覚だが、王宮の幾つかの井戸の水に違和感がある」

聞けば、数か月前から異変を感じていたらしい。

「複数の専門家が調べても何も出なかったが、私は何かが混入されていると思っている」

この言葉を聞いて、オスカーは「これはかなりヤバい話だな」と思った。

魔力に関することでセドリックの感覚が外れたことはない。何かが井戸水に含まれているのは確実だろう。

王宮の井戸への異物混入など、前代未聞の大事件だ。

そんなとき、隣国ルイーネ王国に毒物分析で名高い薬師がいるという噂《うわさ》が聞こえてきた。その人物は、どんな毒物でも分析して中和剤を作ることができるらしい。

「その薬師に調査を依頼しよう」

二人は秘密裏にその薬師に接触することを決め、つい先日、

『遠征中に怪我をして、騎士団長《セドリック》から一か月半の自宅療養を言い渡された』

という設定で、オスカーは秘密裏にブライト王国を出発。ルイーネ王国に入国し、こうして馬車に揺られている、という次第だ。

オスカーは、マントの内ポケットから紙切れを取り出した。書いてあるのは、セドリックに渡された、その薬師が経営する薬屋の情報だ。

(最初に見た時も思ったが、ずいぶんと変わった薬屋だな)

店主は十代後半と思われる、小柄で丸眼鏡をかけている男性で、店を開けている時間以外は、引き籠もって研究ばかりしているらしい。

営業時間は早朝から昼過ぎで、薬が売り切れ次第閉まるので、三十分程度しか開いていない日もある。

作る薬は全て驚くほど高品質だが、計算が面倒くさいという理由で、料金は計算しやすい一律価格。

薬を作る以外にオーダーメイドの製薬や成分分析も行っており、その実力は折り紙付き。冒険者ギルドの役員が直々に毒物分析の依頼に訪れるらしい。

(店主は、天才肌の商売っ気のない変わり者というところか)

なんだかクロエを思い出すな、とオスカーが口の端を上げた。彼女が薬屋をやったらこんな感じになりそうな気がする。

(……彼女は今頃どこで何をしているのだろうか)

馬車の外の風景をながめながら思い出すのは、小柄で愛らしいクロエの姿だ。

オスカーが初めてクロエに出会ったのは、二年半前。

コンスタンスが、古代魔道具を見せるという名目で、家に招いたのだ。

彼女の第一印象は『個性的で面白い娘《こ》』。

ドレスではなく学園の制服を着てきたのも驚いたが、手土産が自分の開発した魔道具というのもインパクトがあった。

会話をしていても、貴族的な何か探るような様子や、気取ったような態度も一切なく、受け答えも真面目で全く裏を感じない。天才と呼ばれるだけあって魔道具に造詣が深く、面白い話がたくさん聞けた。

彼は思った。さすがは用心深い妹が気に入って家に呼ぶだけのことはある、とても好感の持てる興味深い娘だ、と。

最初は、妹の友人として接していたが、彼女の裏表のないまっすぐで誠実な言動や振る舞いに魅力を感じ、出会って半年も経《た》つ頃には、魔道具師として邁進《まいしん》する彼女をそばで守り支えたいと思うようになった。

そこから彼は慎重に動き始めた。

男性どころか人間に興味があるかすら怪しい彼女に、急に交際を申し込んでも困らせるだけになってしまう。ここは時間をかけてゆっくりいこう。

彼女を興味がありそうな魔道具の展示会などに誘い、まずは友人として信頼してもらえるように努めた。

接する時間をできる限り増やし、自分を理解してもらえるように努めた。

彼の計画では、彼女に無理のないように距離を詰めていき、学園を卒業したあとに正式に交際を申し込むつもりであった。

しかし、例の婚約破棄騒動のお陰でクロエは亡命することになってしまった。

ナロウ王子たちがしつこく彼女を捜しているという情報があったことから、彼女の居場所が割れないようにと接触を我慢していたところ、約三か月前に衝撃的な手紙がきた。

『親愛なる友人へ
お元気そうで何よりです。わたしはとても元気で毎日仕事と勉学に勤《いそ》しんでいます。
(中略)
そうそう、仲の良い友達が三人もできました。
一人は、酒場に勤めている年が少し下の女の子です。とてもお酒が強く、よく店の常連客が潰されています。街にすぐに馴染《なじ》めたのは彼女と酒場のマスターのお陰だと思います。

二人目は、道具屋のお姉さんです。すごくモテるらしく、今彼氏が四人もいるそうで、会う度に可愛《かわい》い子を紹介するわよと言われます。

三人目は、この街に来てからずっと面倒を見てくれるO様と同じ年の男性です。よく食事や遊びに誘ってくれます。

先月末の休みの日も誘ってもらって、隣町にある、このあたりで一番の観光名所に行ってきました。景色がとても綺麗な所で、夜は星が綺麗に見えるらしく、暖かくなったら泊まりがけで来ようという話になりました。

（以降略）』

この手紙を読んで、オスカーは雷に打たれたかのごとく固まった。

仲の良い友人一人目は、恐らく普通の友人なのだと思う。

二人目は、「会う度に可愛い子を紹介するわよと言われる」という箇所が気にはなるが、まあいい。

問題は三人目だ。誰だ、面倒を見てくれる俺と同じ年の男性って。休日に一緒に観光名所に行くなんて、まるでデートじゃないか！　しかも泊まりがけで旅行なんて行った日には、友人以上の関係になってもおかしくない。

オスカーは強く思った。彼女を取られたくない。

この想《おも》いが天に通じたのか、その後、件《くだん》のルイーーネ王国の薬師に井戸水の調査を依頼することが決まり、こうして来ることができた。


馬車に揺られながら、彼は考えを巡らせた。

今回の出国の主目的は、王宮の水の調査依頼だ。まずはルイーーネ王国の辺境にいるという薬師の元に向かい、調査を依頼する。

そして、余裕があれば、というか、余裕を作ってクロエの元に向かう。

クロエ本人が秘密にすることを希望したため、現在彼女がルイーーネ王国のどこに住んでいるか分からない。でも、仲介しているランズ商会に直接出向いて尋ねれば教えてくれるだろう。いや、絶対に聞きだす。

心配なのは、その薬師に調査を引き受けてもらえないことだが、そこは何とか説得するつもりだ。天才肌で変わり者の扱いはクロエで慣れている。先方の夢中になっている物さえ押さえられれば何とかなるだろう。

彼は馬車から軽く身を乗り出した。

進行方向のはるか遠くにそびえるのは、地下洞窟《ダンジョン》を複数有するという大山脈だ。

情報によると、あの山の麓にある街の一つに、件の薬師がいるらしい。

「信頼できる人物であるといいが」

そう小さくつぶやくと、オスカーは座席に深く座りながら、ゆっくりと目をつぶった。

二 思わぬ訪問者と王宮の水

アルベルトがアレッタの街に赴任した翌週。

詰襟ジャケット姿のクロエが、片手で帽子を押さえながら生温《なまぬる》い風が吹き荒れる街を歩いていた。

(風が強いわね。春の嵐っていうやつかしら)

強風のせいか、いつもはにぎわっている中央通りも、人がまばらだ。

何度か風に帽子を飛ばされそうになりながら冒険者ギルドに到着すると、女性職員が驚いた顔で出迎えてくれた。

「ココさん、こんな天気にどうされたんですか」

「薬の瓶がなくなってきたのでお願いしに来ました」

「分かりました。こちらにある分を明日お持ちします」

女性職員が、危ないですからどうぞ早くお帰りください、と心配そうに言う。

クロエは首をかしげた。

「どうしたんですか?」

「先ほど大山脈の上空に丸い雲が浮かびました。この雲が空に浮かぶと、天気が大崩れするので、外に出るのは危険なのです」

女性職員曰く、今の比ではないほど風が強くなるので、看板や植木などの飛びやすいものは片付けた方が良いらしい。

なるほど、とクロエは急いでギルドを出た。

風に飛ばされないように帽子を押さえながら見上げると、空が不気味な色に変わってきていた。風に煽《あお》られた街路樹がざわざわと不気味な音を立てながら強く揺れている。

（これは急いだ方がよさそうね）

クロエは、ほぼ無人になった大通りを足早に歩き始めた。風はどんどん強くなり、まっすぐ立って歩くのがしんどくなってくる。

そして、何とか店に到着すると、彼女は表に立ててある看板をよいしょと店の中に入れた。入り口の上に付いている看板を見上げ、「これを何とかするのは無理ね」と諦めると、裏庭に走って、軒下に置いてあった本やコップなどを室内に入れる。

そして、最後に家中の窓を全て閉めると、店舗の中から大きく揺れる街路樹をながめた。

（こんな天気、初めてだわ）

その後、作業場に戻って古代魔道具いじりに没頭し、何だか手元が見えにくくなってきたわねと顔を上げると、部屋の中も外も、昼間とは思えないほど暗くなっていた。

（もうすぐ午後の営業時間だけど、これは休業決定ね）

そして、店舗部分に移動して、『本日臨時休業』と書いた紙を窓の内側に張ろうとした、そのとき。

彼女の目に、暗い通りの向こうから歩いてくる人影が映った。

紺色のマントを着た長身の男性で、すっぽりとフードを被《かぶ》り、その縁を強く握っている。マントがバサバサと風に煽られて、その下に下げている大きな鞄が見える。

（こんな天気で外に出るなんて、よほどの用事かしら）

そんなことを考えているうちに、男性がどんどん近づいてくる。そして、薬屋の前に立ち止まると、強風に煽られながら入り口上に取り付けてある「薬屋ココ」の看板を見上げた。

（え、まさかうち？）

目を見開くクロエの横で、チリンチリン、とベルの音が鳴り響く。

もしかして急患かもしれないわと、彼女は急いでドアを開けて男性を招き入れた。

「どうぞお入りください、お薬ですか？」

入ってきた男性が扉を閉めながら「ああ」とうなずく。

部屋が暗いのとフードを目深に被っているせいか、顔かたちは見えないが、身のこなしの軽さから察するに、若い冒険者だろうか。

彼は、「こんな天気のときにすまない」と低い声で謝りながら、フードの奥からクロエの顔を見て、

「……っ！」

まるで雷に打たれたように、ピシリと固まった。

え、なに？　と、クロエもつられて固まる。

不思議な沈黙が、薄暗い店内を流れる。

しばらくして、男性が我に返ったように頭を軽く振った。

「……すまない、知り合いと似ていたもので、驚いてしまった」

「ああ、そういうことでしたか」とクロエは内心安堵《あんど》しながら口を開いた。「こういう眼鏡をかけた容貌の人、結構いますからね。よく誰かと間違えられるんですよ」

そう笑う彼女を、男性がフードの奥から穴が開くほど見つめる。

よほどその知り合いとやらに似ているのねと思いながら、クロエが尋ねた。

「それで、ご用はなんでしょう？　というか、こんな天気の日に外に出るなんて危ないですよ」

「そうなのか？」

「ええ、わたしも先ほど聞いたのですが、大山脈の上に丸い雲が浮かんだそうです。その雲が出ると、天気が崩れるので、この辺の人間は外に出ないらしいんですよ」

お客さん、外の人ですね、と言うクロエを、男性が凝視する。そして、逡巡《しゅんじゅん》するように沈黙した後、ゆっくりと口を開いた。

「……ここは薬屋で、あなたが店主の薬師ココ殿か？」

「はい、わたしが薬師ココです」

そう答えながら、クロエは思った。何だかこの人変だわと。さっきから妙に挙動不審だし、もしかして怪しい人が来てしまったのではないかと考え始める。

（どうしよう。こんな日だから、衛兵詰め所も閉まっているかもしれない。いざとなったら『虎の尾亭』に逃げ込むしかないわね……）

『虎の尾亭』の二階にはマスターが住んでいる。元冒険者のマスターならば、きっと何とかしてくれるに違いない。

そんなことを頭の中で考えていると、思案するように黙っていた男性が、思い切ったように口を開いた。

「もしも勘違いだったら申し訳ないのだが、店主は『クロエ・マドネス』という女性をご存じないだろうか？」

「……っ！」

クロエは思わず息を呑《の》んだ。まさかの言葉に身が凍る。

その反応を見て、男性が同じく息を呑む。そして、あっという間もなく大股でクロエに近づくと、固まっている彼女を抱きしめた。

「ぐえっ」

潰れたカエルのような声を出す彼女を、男性は更に強く抱きしめると、絞り出すような声でつぶやいた。

「クロエ……！　良かった、無事で……！」

「え？　は？」

「本当に、本当に良かった……！」

「ちょっ！　誰！　てか、く、苦しい！」

クロエはジタバタともがいた。何がなんだかさっぱり分からないが、どこかで聞いたことのある声のような気がする。

そして、渾身《こんしん》の力を振り絞って何とか身を引き剝がすと、顔を上げて男性を見て、

「あっ！」と息を吞んだ。

「オ、オスカー様！」

そこにいたのは、絶対にここにいるはずのない銀髪青眼の青年、遠いブライト王国にいるはずのオスカーであった。

◇◇◇

呆気に取られて、オスカーが「感情が高ぶり過ぎて、つい我を忘れてしまった」と懸命に謝る姿をながめたあと。

クロエは混乱しながらも、とりあえず店を閉めて、彼を奥の作業場に案内した。

「散らかっていますけど、どうぞお入りください」

「ありがとう、失礼する」

オスカーは中に入ると、本や書類が山のように積んである雑然とした作業場を見て、微笑ましそうに笑った。

「相変わらずだな」

彼は、勧められた背もたれのない丸椅子に座ると、興味深そうにぐるりと周囲を見回した。

「ここは仕事場か？」

「はい、仕事関係と魔道具関係は全部ここです」

作業場の隅にある雑然としたキッチンでお茶を淹《い》れながら、クロエが上の空で答える。頭の中は疑問符でいっぱいだ。

そして、お茶の入ったビーカーをオスカーの前に置くと、向かいに座った。

「どうぞ」

オスカーがビーカーを見て、笑うのを堪《こら》えるような表情をすると、「ありがとう」と言いながら、上品な所作で口をつける。ランプの光に照らされた艶のある銀色の髪の毛がぱらりと落ち、端正な顔に影をつくる。

相変わらず綺麗な人だわと思いながら、クロエは考え込んだ。

（……これは、一体どういうことかしら）

なぜオスカーは、隣国のこんな辺境の街に来たのだろうか。

自分の正体が分かっていて来たのなら、理解できなくはない。

でも、先ほどの反応から察するに、ここに来るまで薬師ココがクロエだとは知らないようだった。

（つまり、薬師ココに用事があるってことよね）

何のために来たのか全く想像がつかないわ、と考えていると、オスカーが青い瞳をクロエに向けた。

「君はこんなところにいたんだな」

「はい、一年ほど前から住んでいます。ご存じなかったんですか？」

オスカーが表情を隠すように目を伏せた。

「……ランズに『自分の行き先を公爵家に告げないでくれ』と言ったのは君だろう」

本当に言っていなかったのね、とクロエが内心驚いていると、オスカーが微笑んだ。

「何はともあれ、問題なく過ごせているようで良かった。元気そうで安心した」

兄妹揃《きょうだいそろ》って心配性ね、と思いながら「ありがとうございます」とクロエがお礼を言う。

「コンスタンスはどうしていますか？」

「元気だ。少し前まで領地にいたのだが、今は王都の屋敷に戻ってきて、友人と会ったり、教会のボランティアに顔を出したりしているようだ」

クロエは胸を撫で下ろした。元気そうで何よりだ。そして、よい機会だわと、今まで気掛かりに思っていたことを尋ねた。

「わたしが国を出た後って、どうなったんですか？」

コンスタンスが無事に婚約解消できたことは、手紙で教えてもらったので知っている。でも、その相手のナロウ王子や、例のプリシラとかいう嘘つき女子生徒はどうなったのだろうか。

それを尋ねると、オスカーが冷たく口角を上げた。

「……まあ、一言で言うと、無茶苦茶だな」

「無茶苦茶」

「ああ。まず、ナロウ殿下だが、多額の賠償金を支払ってコンスタンスとの婚約を解消した半年後、侯爵家の養女となったプリシラ嬢との婚約を発表した」

「……は？」

「しかも、三か月後には、国内外の重鎮を呼んだ盛大な婚約披露パーティを行うそうだ」

淡々と語るオスカーを、クロエは呆気に取られて見つめた。

「……それ、誰も止めなかったんですか？」

「もちろん止めた。だが、反対する者が多かった半面、なぜか賛成する者も多くてな。

賛成派が反対派を押し切った形だ」

「え、じゃあ、まさか次期国王夫妻は、あの二人ってことですか？」

クロエは思った。ナロウ王子が国王などあり得ないし、プリシラとかいう嘘つきに王妃が務まるとは思えない。そんなことになれば確実に国が亡《ほろ》びる。

顔を引きつらせる彼女を見て、オスカーが吹き出しそうな顔をしながら、首を横に振った。

「いや、さすがにそうはならなかった。国王陛下が婚約の条件として、王位継承順位の据え置きを提示したんだ」

彼曰く、ナロウ王子が十八歳の成人を迎えると共に「一位」になる予定だった王位継承順位を、現在の「二位」のまま据え置くことになったらしい。

「じゃあ、今の王位継承権一位って」

「王族で国王陛下以外の唯一の成人男性である、王弟セドリックだ」

オスカーの話では、四年後にナロウ王子の弟ルークが成人すれば、彼が一位になるらしく、次いでセドリックが二位、ナロウ王子は三位になるらしい。

クロエは胸を撫で下ろした。さすがにあの馬鹿王子が国王はないわよねと考える。

「……ただ、状況はあまり良くなくてな」

最近、国王の体調が芳しくなく、床に臥《ふ》せることが増えており、直系男子であるナロウ王子の王位継承順位の繰り上げを認めるべきだ、という声が上がっているらしい。

クロエは、大きくため息をついた。

確かにオスカーが言う通り「無茶苦茶」だ。ナロウ王子を支持している人たちは、一体何を見て、彼を国王にするべきだと思っているのだろうか。

（……でもまあ、わたしが考えたところで意味がないわよね）

どんな状況になっても、自分は変わらず人々のために魔道具を開発するだけだ。

彼女は、切り替えるように顔を上げた。

「ありがとうございます。気になっていたので、教えていただいてスッキリしました」

そして、首をかしげた。

「それでなんですけど、オスカー様はなぜこんな辺境の街に来たのですか？　きっと薬師ココに用があって来たのですよね？」

「そうだ」と、オスカーが座り直しながら、うなずいた。「薬師ココがクロエなら、安心して依頼できる」

そして、彼は一旦言葉を切ると、真剣な目でクロエを見た。

「薬師ココ殿、あなたにブライト王国の王宮の井戸水を調べていただきたい」

五分後。

オスカーが、持っていた鞄の中から大きな木箱を取り出して、作業台の上に置いた。

木箱の蓋を開けると、中にはコップほどの大きさの、封がされた円柱型のガラス瓶が十本ほど入っている。瓶の中には透明の液体が入っており、丸い蓋の上には「南門前」「中央庭園」など、場所と思われる単語が書かれた紙が貼ってあった。

クロエは瓶の一つを手に取ると、ランプの光に透かして見た。

「この水に何か異常があるということですか？」

「ああ、セドリック曰く、数か月前から王宮内の幾つかの井戸の水に、違和感を覚えるようになったらしい」

王宮付きの薬師や水質の専門家に、王宮にある全ての井戸の水質調査を依頼したが、ネズミを使った実験も含めて、結果は異常なし。体調がおかしい者も出ていないし、ただの水でしょう、ということになったが、セドリックは違和感をぬぐえなかったという。

そんな中、たまたま会ったルイーネ王国の要人から『我が国にどんな毒でも解析できる凄腕《すごうで》の薬師の噂がある』と聞いたらしい。

「……なるほど、それでここに来たんですね」

「ああ、それほどの噂が立つ薬師であれば、セドリックの感じている違和感の原因を見つけられるのではないかと思ったのだ」

クロエは苦笑いした。どうやら思いの外、有名になってしまっていたらしい。

（だからランズ会長が「あんたには目立たないようにしようという気概が足りない」と怒っていたのね）

そして「魔道具を扱っていないとはいえ、これから気をつけよう」と思いつつ、ガラス瓶の蓋を開けると、手で扇《あお》いでにおいをかいだ。

（見た目もにおいもただの水ね。でも、セドリック様がそこまで言うなら、きっと何か入っている）

魔力量の多い人間は、異物に対する感覚が人一番強い。魔力量が多いセドリックがそう思うのであれば、恐らく間違いないだろう。

「わかりました。今すぐ分析してみます」

「ありがとう」と、オスカーが、ホッとしたような表情を浮かべる。

クロエは立ち上がると、窓に歩み寄って外をながめた。

風がますます強くなってきており、風に煽られた街路樹が、見たことがないほど傾いている。

彼女は、オスカーを振り返った。

「外に出ると危険です。わたしは分析に入るので、本でも読んでいてください」

彼は真面目な顔でうなずいた。

「ありがとう。そうさせてもらおう」


井戸水の分析を開始して、約五時間後。

夢中で分析結果を解析しているクロエの横に、オスカーが温かいお茶の入ったマグカップをそっと置いた。

「大丈夫か、少し休んだらどうだ」

「……大丈夫です。お茶、ありがとうございます」

高速でペンを動かしながら、クロエが上の空で返事をする。手探りでカップの柄を摑むと、機械的に温かいお茶に口をつけた。

そして、しばらくして。

「……ん？」

彼女は手を止めて、眉間にしわを寄せた。

（あれ？　なんでオスカー様がお茶を？）

不思議に思って顔を上げると、目に飛び込んできたのは、湯気の立つカップを持って歩いてくる、オスカーの姿。

「え！」と、クロエは思わず目を見開いた。「オスカー様、一体何を！」

彼は不思議そうな顔をした。

「茶を淹れてきただけだが」

聞けば、喉が渇いただろうと、何回かお茶を淹れてくれていたらしい。

「許可は取ったのだが、もしかして気がついてなかったのか？」

そう尋ねられ、そういえば何か言われた気がする、と思い出しながらキッチンに目をやると、先ほどより明らかに片付いている。

クロエは頭を抱えた。隣国からわざわざ訪ねてきてくれた客に、お茶を淹れさせた上にキッチンを片付けさせるとか、申し訳なさすぎる。

そんなクロエの心情を察したのか、オスカーが何でもないことのように「俺がやりたくてやったことだから、気にしないで欲しい」とさらりと言うと、話題を変えるように尋ねた。

「それで、分析の方はどうだ？」

「ええっと、目処《めど》がついたんで、報告させていただきます」

とりあえずお茶とキッチンのことは置いておくことに決め、クロエは作業机の上に一枚の紙を広げた。

「分析の結果、ここに書いてある四つの井戸水から、ごく微量の『人為的に混入したと思われる物質』が見つかりました」

身を乗り出して紙を見ながら、オスカーが感心したようにつぶやいた。

「さすがだな、複数の専門家が半年かけて分からなかったことが数時間か。この四つはセドリックの見立てと同じだ」

むしろセドリック様がすごい気がするけど、と思いながら、クロエが尋ねた。

「その井戸は今どうなっているんですか？」

「念のため封鎖してある。他の井戸についても警備を強化している」

「であれば一応大丈夫ですね。そのまま封鎖し続けた方が良いと思います」

「そうだな、すぐに連絡しよう。——ちなみに、飲んでしまった人間はどうなる？」

クロエは腕を組んで難しい顔をした。

「ごく微量ですし、ネズミを使った実験で『異常なし』だったのであれば問題ないとは思います。――でも、正確なところは分かりません」

オスカーが眉間にしわを寄せた。

「……それはなぜだ？」

「混入されたものが何か、分からなかったからです」

分析には、いつも使っている『成分分析の魔道具』をメインに使ったのだが、分かったのは、「人為的な何かが入っている」ということだけ。これ以上詳しく調べるとなると、それなりの方法と時間が必要だ。

オスカーが「なるほど」とうなずいた。

「ということは、調べる方法があるということだな」

「はい、方法は二つあります。一つ目は、調べるための『新しい魔道具を開発する』方法、二つ目は、『薬剤を一つ一つ試していく』という古典的な方法です」

そう言いながら、クロエは思案に暮れた。

彼女が選ぶなら、断然一つ目だ。一か月くらいかかりそうだし、この時代には、ちょっとオーバーテクノロジーだが、興味があるし、ぜひ作りたい。

（……でも、多分二つ目の方が早いと思うのよね）

薬剤を魔力で抽出したり、試験管を観察したりと、地味で魔力を使う作業が多いが、薬剤が当たれば、すぐに成分が分かる可能性がある。

(無難なのは二つ目だけど、作りたいなあ、一つ目)

黙り込んで悩む彼女を観察するように見ていたオスカーが、ふと問うた。

「もしかして、どっちの方法にするか迷っているのか?」

「はい、妥当なのは二つ目なんですが、一つ目も捨てがたいなあと」

なるほど、とオスカーが考えるように顎に手を当てる。しばらく黙ったあと、ゆっくりと口を開いた。

「では、両方やってみてはどうだろうか」

「両方?」

首をかしげるクロエに、オスカーが微笑んだ。

「俺は魔力量のある騎士職だ。直接魔道具を作ったり薬を作ったりすることはできないが、サポートくらいなら問題なくできる」

確かに、と彼女は思った。二つ並行して行った場合に懸念されるのは魔力の枯渇と作業量の増大だ。でも、魔力量が多くて優秀な彼がサポートしてくれるのであれば、そこは余裕でクリアできる。

考えを巡らせながらクロエはつぶやいた。

「……しかも、二つ並行すれば、お互いに失敗した時の保険にもなりますよね」

「そうだな」と、オスカーがうなずいた。「これは俺にとっても君にとっても良い方法だと思う」

クロエは目を輝かせた。やった！　面白い魔道具が作れる！

そんな彼女を見て、オスカーが微笑ましげに目を細める。

その後二人はこれからについて相談し、

一、まずはクロエが今後の計画を立てて、それに従って魔道具作りと古典的な方法を使った分析を進めていくこと。

二、オスカーは、とりあえず一か月ほどこの街に住み込んで、毎日薬屋に通ってクロエのサポートをすること。

の二つを決めた。

◇◇◇

井戸水の分析方針を決めて、しばらくして。

嵐から一転、すっかり晴れて星が瞬《またた》く空の下、ジャケット姿のクロエとフードを被ったオスカーが、裏門を出た先の路地を、大通りに向かって歩いていた。向かう先は隣の『虎の尾亭』だ。

「とても美味しい店なんですよ」

「それは楽しみだ」

オスカーが、『虎の尾亭』の重い扉を開けると、カランカラン、とベルが鳴る。

オレンジ色の光に満ちた店内は半分ほど席が埋まっており、赤い顔をした冒険者たちが楽しそうに食事をしている。

エプロンをしたチェルシーが、ツインテールを揺らしながら駆け寄ってきた。

「いらっしゃい、ココさん。——あら、お友達？」

「はい、ええっと、こちら……」

クロエは言葉に詰まった。見るからにお忍びのオスカーを何と紹介すればいいのだろうか。

それを察したのか、オスカーがフードの奥からチェルシーに微笑みかけた。

「ココの友人のスカーだ。フリーで冒険者をしている」

あ、そういう設定なのね、と思うクロエの横で、チェルシーが「チェルシーよ、ココさんにはいつもお世話になっています」と挨拶しながら頬を赤く染めた。

「やだ！　ココさんのお友達、めちゃくちゃカッコいいじゃない！」

この国の人から見てもオスカー様は格好いいのねと思いながら、「話せる席、空いている？」と尋ねると、すぐに店舗の一番端にある四人掛けのテーブルに案内してくれた。秘密の話をしても他に聞かれにくいため、商談などによく使われている席だ。

クロエはオスカーの向かいに座ると、壁に掛けてある、クセのある字で書かれた手書きのメニュー表を指差した。

「お勧めは一番上の日替わり定食です。何度食べてもハズレがありません」

「では、それを頼ませてもらおう」

注文を取りに来てくれたチェルシーに、定食を二つと、今日はオスカーもいるからとワインを一本注文する。

そして料理を待っている間、興味深そうに店内を見回しているオスカーの横顔をそっとながめた。

（……こうやって改めて向かい合うと、何か変な感じだわ）

いつもの風景に、オスカーがいる。何とも不思議な感覚だ。

突然現れて驚く間もなく分析が始まったため、あまり意識していなかったが、よく考えたら彼と会うのは約一年ぶりだ。

（オスカー様、少し雰囲気が変わった気がするわ。ちょっと格好よくなったかもしれない）

そんなことを考えるクロエを、オスカーがジッと見つめる。そして、「どうしたんですか？」と問われ、ふっと笑った。

「いや、こうやって向かい合っているのが信じられなくてな」

夢を見ている気がすると言われ、クロエは「うんうん」とうなずいた。どうやらオスカーも自分と同じ気持ちらしい。

「お待たせしました！　ワインです！」

チェルシーが、このあたりの名産であるピンク色の泡立つワインとグラスを運んできてくれる。

二人は、再会を祝って軽くグラスを近づけると、ワインに口をつけた。

「ほう、初めての味だが、とても飲みやすいな」

オスカーの反応に、クロエは、ホッとした。

何も考えず連れて来たので、口に合うか心配だったが、このワインを飲みやすく感じるなら、きっと料理も美味しく食べられるに違いない。

チェルシーが、ニコニコしながら両手で湯気の立つ料理を運んできてくれた。

「お待たせしました！　熱いので気をつけてくださいね！」

テーブルに置かれたのは、鉄板の上でジュウジュウと美味しそうな音を立てる大きな鶏肉《とりにく》と、色々な種類の豆が入っているサラダが載ったお盆だ。付け合わせのパンがいつもより多いのは、オスカーが大柄だからだろう。

立ち上る湯気と食欲をそそる香りに、クロエのお腹《なか》がグーグーと鳴り始める。

「『いただきます』」

サラダを一口食べたオスカーが、驚いたような声を出した。

「美味《うま》いな、これは予想以上だ」

「良かった、このお店にはいつもお世話になっているんです」

鶏肉を大きく切り分けて口に運びながら、今日も美味しいなあ、とクロエが幸せな気持ちで答える。

そんな彼女の蕩《とろ》けきった顔を見て、オスカーが口角を上げながら、上品に食べ物を口に運ぶ。

そして、あらかた食事が済むと、追加で頼んだワインを口にしながら、オスカーが口を開いた。

「とても美味しかった。騎士団施設の隣にこの店が欲しいくらいだ」

「たまにあるデザートも絶品なんですよ」

クロエは満ち足りた気分でのんびりと答えた。ワインも美味しいし、もう難しい話は無理だ。

オスカーも同じらしく、二人はリラックスした気分で、おつまみの干し肉をつまみながら、とりとめのない会話をはじめた。

「まさか、薬師として店を持っているとは思わなかった」

「最初は魔道具師として働こうかと思ったんですけど、それだと目立つから薬師にしてはどうだって、ランズさんに言われて。店は流れで持つことになりました」

「コンスタンスが聞いたら驚くだろうな」

「間違いなく驚かれる気がします」

その後、お互いの近況やコンスタンスのこと、古代魔道具の話など、話題が尽きない。お酒の酔いも手伝って話が弾む。

相変わらずオスカー様と話すのは楽しいわと思いながら、クロエが尋ねた。

「そういえば、何でわたしだって分かったんですか？　結構上手く変装している自信があったんですけど」

オスカーが、軽く苦笑した。

「俺が君を見間違えるはずがない」

そして、ふと心配そうな顔になった。

「しかし、こうやって改めて見ると、ずいぶんと痩せた気がするが、どうしたんだ」

「ああ、そうですよね」と、クロエが頭を掻いた。「研究に夢中になると、寝食を忘れちゃうんです。特に夕飯は食べるのを忘れがちで」

オスカーが苦笑いした。

「まったく、君も相変わらずだな。いつもそんな感じなのか？」

「はい、まあ、こんな感じです」

「寝食と言ったが、もしかして睡眠もあまりとっていないのか？」

「そうですね。ここ半年くらい、ちゃんと寝る時間を作っていないかもしれません」

オスカーが、呆《あき》れたような、心配なような、複雑な表情を浮かべる。

と、そのとき。パタパタパタという軽い足音と共に、チェルシーが伝票を持って現れた。

「ココさん、そろそろ閉店なんで、準備お願いしますね！」

「ありがとう」

オスカーがさりげなく伝票を受け取る。立ち上がりながら、憂わしげにクロエを見た。

「かなり飲んでいたようだが、大丈夫か？」

「大丈夫です。でも、少し飲み過ぎたかもしれません」

「思ったよりも強いワインだったしな」

オスカーが、「ゆっくり来るといい」と、伝票を持ってカウンターに向かった。

その様子をながめながら、相変わらずスマートだなあ、と感心する。

そして、外に出ると、オスカーがクロエを店の裏口まで送って、微笑んだ。

「俺はこの先の宿に泊まっているから、ここで失礼する」

「はい。ご飯、ご馳走さまでした」

オスカーが「また明日、午後の営業時間後に来る」と手を振りながら、すっかり暗くなった通りの奥に消えていく。

その後ろ姿を見送りながら、クロエは「また明日……」とつぶやくと、ややフラフラしながら、店の中へと入っていった。

◇◇◇

オスカーが突然薬屋に現れた、翌日の午後。

クロエは作業机に向かって、心を躍らせながら今後の計画を立てていた。

(前から作りたかったのよね、こういう魔道具！)

前世で、こういった成分を詳細に分析する魔道具を使う時は、兵器を作るときだった。でも、今世では人のために使うことができる。

そのことを幸せに感じながら、『新たな魔道具の開発』と『古典的な方法による成分分析』の二つを効率的に進めるため、作業手順や必要な物などを書きだしていく。

そして、計画を立て終わり、漏れがないかと見直していた、そのとき。

チリンチリン、と裏門のベルが鳴った。

(オスカー様だわ)

裏庭に出て門を開けると、そこには昨日と同じ紺色のマント姿のオスカーが立っていた。普段下ろしている銀髪を上げ、口元を隠すようにマスクをつけている。

マスク姿も似合うわねと思いながら、中に招き入れると、彼は「お邪魔する」と礼儀正しくお礼を言って裏庭に入った。

「昨日も思ったが、ずいぶん広い庭だな」

「はい。気に入っています」

作業場に入ると、オスカーが持っていた革袋と紙袋を机の上に置いた。

「これを持ってきた」

革袋から取り出したのは、水が入った大きめの瓶四本だ。どうやら不足すると困るからと、昨日持ってきた水の他にも持ってきていたらしい。

「それと今日、追加で井戸水を送ってくれるように王国に頼んだ」

これで水がなくなる心配がなくなったわねと思いながら、中腰になって瓶の中をながめる。そして、ふと、隣にある紙袋に目をやった。心なしか甘い香りが漂ってくる。

「こっちの紙袋は何ですか？」

オスカーが袋の口を開けて、彼女に見せた。

「ミートパイと林檎《りんご》パイだ。来る途中に流行《はや》っていそうな店に入ったら勧められた」

どうやら昼食がまだなのではないかと思って買ってきてくれたらしい。

「ありがとうございます、ちょうどお腹が空いていたんです」

クロエは声を弾ませた。朝からほとんど何も食べていなかったから助かったわと思いながら、いそいそとお茶の準備をする。

そして、二人は向かい合って座ると、パイを食べ始めた。

「美味しいですね」

目の前で幸せそうにパイを頬張るクロエの姿をながめながら、オスカーが「それは良かった」と嬉しそうに口角を上げる。

クロエが「そういえば、マスク、つけることにしたんですね」と言うと、彼は「ああ」とうなずいた。

「今日は人に会う用事が多かったから、念には念を入れた」

彼の話では、午前中に部屋を借りて宿を引き払ったらしい。

「冒険者は部屋を借りることが多いと聞いたので、この付近に部屋を借りた。近いうちに地下洞窟《ダンジョン》にも行ってみようと思う」

「え、地下洞窟《ダンジョン》に？」

意外な言葉に目をぱちくりさせると、オスカーがうなずいた。

「一応冒険者を名乗っているからな。何をしているのか怪しまれない程度には活動しようと思っている」

クロエは咀嚼《そしゃく》を止めて、目を伏せた。ブラッドリーの話では、地下洞窟《ダンジョン》内は火を噴く巨大狼が出るとのことだった。オスカーが強いのは知っているが、大丈夫だろうか。

彼女の心配そうな目を見て、オスカーが安心させるように微笑んだ。

「大丈夫だ。一番難易度が低いとされている地下洞窟《ダンジョン》に行くつもりだし、無理をするつもりはない」

「……分かりました。でも、気をつけてくださいね。油断したら危ないと聞きますから」

「もちろんだ。ありがとう」と、オスカーが嬉しそうに目を細める。

そしてパイを食べ終わって片付けたあと、クロエは作った計画書をオスカーに手渡した。

「昨日話していた、今後の計画書です」

オスカーが「拝見する」と、真剣な顔で読み始める。

何だか緊張するわ、と思っていると、彼が感嘆の声を上げた。

「すごいな、専門知識がなくても、よく理解できる」

褒められたことを嬉しく思いながら、専門外のことをすぐ理解できるオスカー様の方がすごいわと感心する。

オスカーが、物の名前が羅列してある紙を一枚、作業机の上に置いた。

「これは必要なものの一覧か？」

「そうです、○がこの街で揃うもので、×がこの街では難しいものです」

金属加工などはこの街の鍛冶屋にお願いするが、魔道具関係の細かい物は、専門店でなければ手に入らない。

「なるほど、専門店がある街に行く必要があるんだな」

「はい、ここから馬車で三時間ほど行ったところに、アレッタという大きな街がありまして、そこに行きます」

アレッタは交易の中心地で物も豊富だし、魔道具師向けの専門店も揃っているから十分だ。

その後、二人はアレッタに行く日取りを決めると、この街で揃う物を買うために、街へと出た。

春の光に包まれた街は、どこかのんびりとしている。

クロエの横をゆっくりと歩きながら、オスカーが口を開いた。

「静かだな」

「この時間帯は静かなんです。冒険者の方たちが戻ってくる夕方くらいから騒がしくなります」

そして、まだ閉まっている『虎の尾亭』の前を通りながら、オスカーが思い出したように尋ねた。

「そういえば、手紙に仲が良い友人ができたと書いてあったが、一人目はもしかして昨日のチェルシー嬢か？」

「はい、そうです。彼女、お酒強いんです」

オスカーが「確かに強そうだった」と笑う。サービスで持ってきてくれた酒量の多さに驚いたらしい。

クロエは笑いながら口を開いた。

「手紙に書いた二人目は、これから行く道具屋のお姉さんです。ナタリアさんっていう人で、二十六歳だそうです」

なるほどという風にオスカーがうなずく。そしてしばし黙ったあと、横を機嫌よく歩くクロエを見た。

「……それで、三人目の友人はどこにいるんだ？」

「ああ、アルベルトさんですね。実は今この街にいないんですよ」

「そうなのか？」

「はい、そうなんです。——あ、あそこが道具屋です！」

クロエが、通りの先に見えてきた道具屋の看板を指差した。「行きましょう」と早足になる。

話の続きが気になりながらも、オスカーも黙ってそれに従う。

二人が店に入ると、ナタリアが笑顔で出迎えてくれた。

「いらっしゃい、ココさん」

そして、クロエの後ろに立っているオスカーを見るなり、「まあ！」と小さく叫ぶと、クロエの腕をグイと摑んで店の端に寄った。

「ちょっと！ ココさん！ 誰よあれ！ 超イイ男じゃない！」

「えぇっと、友達のスカーさんです」

そう答えながら、クロエは感心した。

ここに来るまでにすれ違った女性たちも、オスカーを見て目がハートになっていたし、男性慣れしているナタリアからも大絶賛されている。彼はどうやら自分が思っているよりもずっと格好いいらしい。

そして、オスカーの職業を尋ねられ、「冒険者です」と答えると、喜色から一転、ナタリアが悩ましそうな表情を浮かべた。

「……品が良さそうだから、どこかの貴族かお金持ちだと思ったんだけど、冒険者なのね」

「あれ？　冒険者はダメなんですか？」

「そりゃそうよ。収入の浮き沈みが激しいし、危険職だもの」

ナタリアが横目で商品を見ているオスカーをながめながら「でも、その欠点を消して余りあるイイ男だわ」とブツブツ言う。

「それで、彼、今フリーなの？」

クロエは首をかしげた。

「一年前まではフリーでしたけど、今は分かりません」

「そう……、あの容姿じゃあ、いてもおかしくないわね。ちなみにこの街にはどのくらいいる予定？」

「一か月くらいだと思います」

ナタリアが、再び悩ましげな表情を浮かべた。

「一か月じゃあ、どう考えても遊びにしかならないわね……」

彼女曰く、昔なら迷わず誘っていたが、最近は結婚を視野に入れているため、なるべく遊びの恋は避けたいらしい。

「ナタリアさんにも色々事情があるんですね」

「そうよ、つまらないけど、私もそろそろ落ち着かなきゃだしね」

ナタリアが口を尖《とが》らせながらも、テキパキとクロエの買い物を手伝ってくれる。ちなみに彼女の理想は、将来有望なギルド職員であるアルベルトらしい。

そして、買い物が終わって「また来てね！」と見送られて店を出ると、オスカーが荷物を持ってくれながら尋ねた。

「こちらを頻繁にチラチラ見ていたが、彼女と何を話していたんだ？」

「ええっと、オスカー様に恋人がいるかどうか聞かれていました」

オスカーが、やはりかという風に苦笑いした。

「何と答えたんだ？」

「一年前までは多分いなかったと思うけど、今は分からないと答えました」

正直に答えると、オスカーが「そうか」と言って沈黙する。

そして、しばらく黙った後、ゆっくりと口を開いた。

「……今もいないな」

「え？」

「一年前も今も、恋人はいない」

突然の告白に、半ばポカンとするクロエに、オスカーが尋ねた。

「……クロエはどうなんだ」

「え？」

「恋人はいるのか？」

いやいや、いるわけがないじゃない、と思いながら、クロエは即答した。

「いないです。できる気配すらありません」

クロエの答えに、「そうか」と、オスカーがホッとしたような声を出す。

その後、二人は、冒険者ギルドや金物屋、鍛冶屋などで買い物をすると、大きな荷物を抱えて薬屋に戻った。

「ありがとうございます。重くなかったですか？」

「大丈夫だ。これからどうするんだ？」

「そうですね」と、クロエが作業机の上に置かれた荷物を見回した。「まずは買ってきたものを整理して準備しようと思います」

「では、俺はこちらに取り掛からせてもらってもいいだろうか」

オスカーが鞄の中から紙袋を取り出した。

「これは？」

「ここに来るまでに買ってきた食材だ」

「食材？」

首をかしげながら袋の中を覗くと、入っていたのは、玉ねぎやレタスなどの野菜と、油紙に包まれた肉。パンやワインも入っている。

いつの間に、と驚くクロエに、オスカーが微笑んだ。

「料理を作ろうと思って買ってきた」

キッチンを借りてもいいかと尋ねられて、クロエは思わず目を見張った。

「オスカー様、料理するんですか？」

「ああ。遠征に行くと必ずするからな。それと――」と、オスカーが作業場に並んでいる棚を指差した。「あの棚を片付けてもいいか」

指の先にあるのは、壁際の背の高い棚だ。中には薬を入れるガラス瓶など重い物が入った大箱が詰まっている。一年前にここに居を構えた際に、工事に来た人たちが、前の薬師が残していった使えそうな荷物を適当に入れて、そのままになっている。

「重さで棚が歪《ゆが》み始めている。このままだと危険だ。整理させてもらえないだろうか」

それはとてもありがたいわ、と思いながらクロエがうなずいた。

「ありがとうございます。わたしには重すぎて、どうしようもなかったので、とても助かります」

「隣の棚もついでに整理しようと思うが、かまわないか？」

何だか申し訳ない気がするけど助かるわ、と思いながら、クロエは感謝の目でオスカーを見た。

「ありがとうございます。お願いします」

二人は、それぞれ作業に取り掛かった。

クロエは、買ってきた材料を入念にチェックし、分析の準備を進めていく。

オスカーはキッチンで作業したり、何かを温めている間に棚から荷物を下ろしたりと、忙しく動く。

そして、計画書を見直していたクロエがふと顔を上げると、外はすっかり暗くなっていた。

ランプの柔らかい光に照らされた棚とその周辺は綺麗に整頓されており、腕まくりしたオスカーがキッチンに向かって何かを混ぜている。漂ってくるのは、とてつもなく美味しそうなシチューのような香り。

（なんだかすごく美味しそうだわ）

立ち上がってその横に並ぶと、オスカーが首を横に向けてクロエを見た。

「どうした？」

「いえ、すごく美味しそうな香りだなと思いまして。何かすることはありませんか？」

「そうだな。机の上を片付けて、カトラリーを並べてくれるか」

「はい」

小さい頃、お菓子を作ってくれた兄をこうやって手伝ったわね、と懐かしく思い出しながら、作業机の上を片付けてカトラリーを並べる。

その後、作業机の上にオスカーが作った料理を運び、二人は向かい合って座った。

並べられているのは、温野菜のサラダと、ブライト王国の郷土料理であるワインで煮込んだ牛肉のシチューとパン、デザートのチョコレートケーキ。どれもとても美味しそうだ。

「食べよう」

「ありがとうございます、いただきます」

シチューを口に運び、クロエは思わずため息をついた。鼻から抜けるワインの風味も素晴らしいし、口の中でほろっと崩れるよく煮込まれた牛肉も、ほくほくした大きめのジャガイモも最高だ。

一年ぶりに食べた故郷の味に、視界がぼやける。

彼女は鼻をすすり上げると、感謝の目でオスカーを見た。

「……美味しいです。ずっとこういうのを食べたいと思っていました」

「それは良かった」と、オスカーが満足そうに笑う。

「棚も整理してくださったんですね」

「ああ、分かりやすいように並べたつもりだ」

棚に並べられた箱や瓶のラベルの向きが統一されているのを見て、オスカー様って几帳面《きちょうめん》な性格なのね、と思いながらお礼を言うと、のんびりした気持ちで口をモグモグと動かした。久々に食べた故郷の味のお陰か、実家に帰ったような安心感を覚える。こんなに落ち着いた気持ちになったのは久しぶりだ。

(とても幸せだわ)

そんなクロエの顔に目を細めながら、オスカーがゆっくりとスプーンを動かす。

食べ終わった後は、一緒に片付けをして、作業について説明するなど分析の準備を進める。

そして、時刻が九時を回るころ、オスカーが立ち上がった。

「もう遅い、今日はこの辺で失礼しよう」

「今日は本当にありがとうございました。棚を綺麗にしていただいた上に、美味しい食事まで」

感謝の目で見上げるクロエの頭を、オスカーが微笑みながら「どういたしまして」とぽんぽんと優しく撫でる。

そして、裏門まで送りに来た彼女に「今日は早く寝るように」と念を押すと、手を振りながら大通りに向かって歩いて行った。

その後ろ姿を見送った後、クロエは作業場に戻った。

見慣れたいつもの作業場が、妙にガランとしており、どこか寂しげに感じる。

（……オスカー様が来てくれて、わたし、すごく楽しかったんだわ）

いつもなら夜遅くまで魔道具の研究をするところだが、オスカーに念を押されたのもあり、彼女は二階に上がると、久々に日を跨《また》ぐ前に眠りについた。

◇◇◇

オスカーがサイファを訪れてから四日目、店の定休日の早朝。

ジャケットを羽織ったクロエが、作業場の鏡の前に立っていた。帽子と丸眼鏡を身につけると、革鞄を持って外に出る。

外は朝靄に包まれており、人々が忙しそうに往来していた。

彼女は、店に鍵をかけると、街の入り口付近にある馬車乗り場に向かって歩き始めた。朝日に照らされた女神像に小声で「おはよう」と挨拶をしながら、ずんずん進む。

そして歩くこと、しばし。冒険者や商人でごった返した馬車乗り場に到着すると、入り口のところに、フードを被った長身の男性がキョロキョロしながら立っているのが目に入った。

（オスカー様だわ）

クロエは駆け寄ると、マスクをしたその顔を見上げた。

「おはようございます、お待たせしました」

「おはよう、元気そうだな」と、オスカーが嬉しそうに目を細める。

馬車はこっちだと先導するように進む彼の後ろについて歩いていると、顔見知りの冒険者たちが声を掛けてきた。

「よう、ココ。どっか行くのか？」

「またお店行くからね！」

「はい、お待ちしています」と言いながら手を振るクロエを、オスカーが嬉しそうに振り向いた。

「君はずいぶんと信頼されているのだな」

彼曰く、誰に聞いても「薬を買うなら、早朝並んででも薬屋ココで買った方がいい」と言われるらしい。

「……まあ、寝起きが悪いという話もよく聞くが」

やっぱりそこはバレるのね、と、クロエが、つうっと目を逸《そ》らす。

二人は、人混みの中を通り抜けると、アレッタ行きの馬車乗り場に到着した。

お金を払い、すでに十人ほど乗っている馬車に乗り込むと、オスカーと隣り合って座る。

クロエたちで定員に達したのか、「出発するぞ！」という御者の声と共に、三頭立ての馬車がゆっくりと走り始めた。

城門を出て、朝日に照らされた草原をゆっくりと進んでいく。

クロエは、リラックスした気分で馬車の外をながめた。隣がオスカーだと思うと、とても気が楽だ。

途中寄った街で、お菓子と飲み物を買って食べたり、新緑の草原が風に吹かれる様子をながめたりしながら、馬車の中でのんびりと過ごす。

（いつもなら移動だけで疲れてしまうけど、今回はだいぶ余裕がありそうね）

今日は新しい魔道具の店にも行ってみようかしら、などと頭の中で計画を立てながら胸を躍らせるクロエの横で、オスカーが油断なく周囲を警戒する。


そして、出発から三時間後。

馬車は、サイファの十倍はありそうなアレッタの街に到着した。

「着きましたね」

「ああ、さすがはルイーネ王国第三の都市だな、想像以上に大きい」

ここって第三の都市だったのね、と思いながら、クロエは、先に降りたオスカーの手を借りて馬車から降りた。周囲をキョロキョロと見回し、「こっちです」と街の中央に向かって歩き始める。

街は三階建ての白壁の建物が並び、その間の広い石畳の道を、たくさんの人や馬車が行き来している。平屋が多く、馬車があまり走っていないサイファと比べて、かなり都会な印象だ。

クロエはまっすぐ職人街に向かうと、通りに並ぶ小さな店たちを物色し始めた。気になる店に入って品物を丁寧に吟味し、時々値段を交渉しながら、必要なものを買い集めていく。

荷物を持ってくれているオスカーが、その様子を感心したようにながめた。

「ずいぶんと慣れているのだな」

「そうですね、何回か来ているので、結構慣れているかもしれません」

そして、買い物が大体終わった頃には、太陽はすでに天頂を通過していた。

「昼食の時間だ、少し休まないか」

二人は、通りに面したお洒落《しゃれ》な雰囲気のレストランに入った。

窓際の席に座って、ルイーネ王国風の肉がたっぷり挟んであるサンドイッチと飲み物のセットを頼むと、窓の外をながめる。

オスカーが興味深そうに口を開いた。

「ここは面白い街だな」

「ええ、珍しい物が多いですよね」

楽しそうなクロエを、オスカーが柔らかい表情で見る。

「この街も冒険者が多いんだな」

「そうですね、サイファみたいな冒険者の街が幾つかあって、アレッタはそういう街の取りまとめをしているらしいです。大きな買い物はここになりますし」

そう説明しながら、クロエは思い出した。そういえば、この街にはアルベルトがいるわと。

（せっかく来たし、邪魔しない程度に挨拶に行こうかしら）

そんなことを考えながら、オスカーに何か買いたいものはないのかと問うと、服が買いたい、という答えが返ってきた。

どうやら、ルイーネ王国は思ったよりも気温が高かったらしく、気候に合った目立たない服が欲しいらしい。

「クロエは、服はどうしているんだ？」

「こっちに来たばかりの時にお世話になった服屋の店長さんから、定期的に送ってもらっています」

「なるほど、だから服の趣味が変わったように見えたのか」

オスカーが納得したような顔をする。

二人は運ばれてきたサンドイッチを食べ終わると、時間を決めて別行動することにした。

オスカーはランズ商会の系列店である洋服店に行き、クロエも自分のものを幾つか買う。

そして、待ち合わせの場所に集合し、そろそろ帰ろうという段になって。たくさんの人々が行き交う大通りを並んで歩きながら、クロエがオスカーを見上げた。

「最後に冒険者ギルドに寄ってもいいですか？」

「もちろんだ、何か買うのか？」

「いえ、サイファの街でお世話になっているギルド職員の方がこっちにいるので、挨拶をしようと思って」

　オスカーが、ピクリと眉を動かした。

「……それは、もしかして手紙に書いてあった、俺と同じ年の友達か？」

　よく覚えているわねと驚きながら、クロエがコクリとした。

「そうです。新しい制度が立ち上がるので、一時的にこっちに来ているんです」

「……分かった」と、オスカーが覚悟を決めたような顔をした。

「一緒に行こう」


　二人は大通りを歩き、ひときわ大きなギルド建物に入った。

　中は吹き抜けの広い空間になっており、たくさんの冒険者たちでごった返している。

　ずいぶんと大きなギルドねと思いながら、彼女は入り口すぐ横のカウンターにいる受付嬢に話しかけた。

「サイファから来た薬師ココといいます、アルベルトさんいらっしゃいますか」

「ただ今確認してまいりますので、座ってお待ちください」

オスカーが、「少し中を見学してくる」と、掲示板に向かって歩いて行く。

クロエは受付近くにあるベンチに腰掛けると、カウンターの奥をながめた。

職員の制服を着た男女が、忙しそうに働いている。

(みんな忙しそう。ここに比べるとサイファはのんびりしているわね)

そんなことを考えていると、奥のドアが開いて、見覚えのある眼鏡の青年が現れた。

彼はクロエを見て嬉しそうに片手で眼鏡を上げると、早足でやってきた。

「ココさん！　よく来てくださいましたね」

「こんにちは、お元気そうで良かったです」

クロエは立ち上がると、差し出された手を笑顔で握り返した。変わらぬ彼の様子に、ホッとする。

「こちらのギルドはどうですか、忙しいですか？」

「はい、忙しいですが何とかやっています。お店の方は如何《いかが》ですか」

「お陰さまで、問題なくやっています」

久々の会話を交わすクロエの視界の端に、オスカーがこちらに歩いてくるのが入る。

(折角だし紹介しよう)

クロエは手招きしてオスカーを呼ぶと、アルベルトに紹介した。

「こちら私の同郷の友人スカーさんです。スカーさん、こちらいつもお世話になっているアルベルトさんです」

オスカーはゆっくりとアルベルトをながめると、感情の読めない笑顔で手を差し出した。

「スカーです。ココがいつもお世話になっています」

「……いえ、こちらこそお世話になっております」

アルベルトが、一瞬驚いた表情をするものの、すぐに何を考えているか読めない笑顔を浮かべてオスカーの手を握り返す。

どことなくピリピリした空気が二人の間を流れる。両者とも顔は笑っているのに、目が全く笑っていない。

クロエは首をかしげた。

(どうしたのかしら、初対面だから緊張しているのかしら)

その後、男性二人はぎこちない様子で、

「サイファには、どのくらい滞在される予定なのですか？」

「一、二か月ほどの予定です。アルベルトさんはずっとここに？」

「いえ、二か月後にサイファに戻ります。……同郷ということは、昔からココさんをご存じということですか？」

「もちろんです」

という差しさわりのない会話を笑顔で交わす。

そして、オスカーが、「話したいこともあるだろう」とその場を離れ、クロエはアルベルトと二人で話をすることになった。

彼はアレッタで大役を任されているようで、毎日こき使われているらしい。

「ブラッドリーさんも容赦ないですね」

「ええ、本当ですよ」

他にも、薬屋の話やサイファで起こった出来事など、話に花を咲かせる。

そして、そろそろお暇《いとま》しますという段になって、「あ、そうだ」と、クロエはポケットから紙袋を取り出した。

「飴玉《あめだま》です。疲れた時にどうぞ」

アルベルトは嬉しそうにそれを受け取ると、オスカーをチラリと見た後、クロエに微笑みかけた。

「心配ないと思いますが、どうぞ気をつけてお帰りください」

ギルド建物を出ると、クロエはオスカーと並んで馬車乗り場に向かって歩き始めた。

空はすでに夕方の気配が漂い始めている。

（今日は充実した一日だったわね）

そんなことを考えながら歩いていると、オスカーがおもむろに口を開いた。

「さっきの彼は、この国の貴族なのか」

「……言われてみれば、そうかもしれませんね、アルベルトさんの大叔父にあたる人が貴族らしいので」

そう答えるクロエに、「なるほど」と、オスカーが黙り込む。

彼女は首をかしげた。

「何かありました？」

「いや、手紙を読んで、どんな人間かと心配していたんだが、思いの外、良さそうな人間だったと思ってな」

「はい、いい人です。来た当初からずっとお世話になりっぱなしです」

「そうか。……彼がクロエの面倒を見てくれているのであれば安心だ。——まあ、別の心配はありそうだが」

複雑そうな表情のオスカーが、最後の一言をクロエに聞こえないくらいの小さな声でつぶやく。

その後、ランズ商会に寄って荷物の配達をお願いし、二人はすぐ使う軽い物だけ持って馬車に乗り込んだ。

馬車が出発してしばらくして、クロエは小さくあくびをした。一日中歩いたせいか、とても眠い。

オスカーが、腕を伸ばしてクロエの頭をそっと自分に寄りかからせた。

「疲れたんだろう、寝るといい」

「いえ、大丈夫です」と言いながら、瞼《まぶた》がどんどん重くなるのを感じる。

馬車のガタゴトという音と、オスカーのぬくもりが心地よいなと思いながら、どんどん意識が遠くなり……。

はっと気がついたときには、馬車は夜の気配が漂い始めたサイファの街に到着していた。

【幕間②】　コンスタンスとセドリック

クロエとオスカーが、アレッタの街で買い物を楽しんでいた頃。

ブライト王国の王都にある貴族居住区を、複数人の騎士に守られた立派な馬車が走っていた。

馬車に乗っているのは、憂鬱そうな顔をした王弟セドリック。

彼は、窓から馬で並走する護衛騎士たちをながめながら、ため息をついた。

（仕方がないこととはいえ、仰々しいことだ）

国王の体調不良が続いているため、万が一に備えて、王位継承権一位のセドリックへの警護を厚くせざるを得なくなってしまったのだ。

（気軽に外出もできなくなってしまったな）

ちなみに、今日の行き先は、ソリティド公爵家だ。

訪問の表面上の理由は、『怪我をして自宅療養中の部下オスカーのお見舞い』。

本当の理由は、『極秘任務で隣国ルイーネ王国にいるオスカーの近況を家族に伝える』ことと、『コンスタンスとのお茶会』だ。

（彼女とゆっくり話をするのは久々だな）

そろそろ落ち着いた頃だろうかと考えながら、窓の外をながめる。


そして、走ること、約二十分。

馬車は、貴族街の中でもひときわ大きなソリティド公爵家に到着した。

使用人たちに出迎えられ、護衛たちと共に屋敷の中に入ると、そこは色鮮やかな花が飾られた広いエントランス。

その中央には、青色のドレスを着たコンスタンスが笑顔で立っていた。

「ようこそ、いらっしゃいました、セドリック様」

セドリックは、後ろに立っている護衛に合図して、美しい花束とお菓子の入った箱を受け取ると、それをコンスタンスに差し出した。

「オスカーへのお見舞いです、どうぞ」

「まあ、ありがとうございます。どうぞこちらへ」

彼女に案内されて、オスカーの部屋に向かう。

「病人がいるから」と護衛を外で待たせて、一人誰もいない薄暗い部屋に入り、しばらく時間を潰す。

そして、外に出ると、彼は部屋の外で待っていたコンスタンスに対し、周囲によく聞こえるように大きめの声で言った。

「オスカーは、あまり調子が良くないようだね」

「はい、早朝、庭を散歩する以外はずっと寝ております。少し熱もあるようです」

「そうか」と、セドリックが悲しそうな顔をした。「無理はさせられないな。ゆっくり休ませてやってくれ」

「お気遣いありがとうございます。……ところで、折角いらっしゃったのですから、お茶でも如何ですか？　家族からの伝言もありますし」

「ありがとう。では、話を聞かせてもらおうか」

二人は廊下を歩いて、白とピンクの薔薇《ばら》が飾られたティールームに移動した。

部屋の中央にはセッティング済みの白いテーブルが置いてあり、茶器と菓子が並べられている。

テーブルの横に立っていた護衛騎士が、セドリックに向かって礼をした。

「全て毒見は済んでおります」

「ご苦労。下がっていてくれ」

「はっ」

護衛たちが、ドアの入り口を守るように立つ。

周囲に人がいなくなったことを確認すると、セドリックとコンスタンスは顔を見合わせてクスクスと笑った。

「いやあ、君もなかなかの役者だねえ」

「セドリック様には敵《かな》いませんわ」

「いやいや、『怪我の兄を心配する思いやり溢れる妹』を見事に演じ切っている君には敵わないよ」

「まあ、完璧な『怪我した部下を心から心配する上司』に成りきられているセドリック様が何をおっしゃるんですか」

ひとしきり控えめに笑ったあと、二人は小声で会話を始めた。

コンスタンスは、真面目な顔で立っている騎士たちをチラリと見た。

「護衛が増えましたのね」

「周囲がうるさくなってね」

セドリックが、げんなりした顔をした。

「この状況で王位継承権一位だからね。全く面識のない人物から面会の申し込みがあったり、見たこともない令嬢から手紙をもらったり、面倒なことこの上ないよ」

「だから顔がお疲れでしたのね」

コンスタンスが同情の表情を浮かべると、声を落とした。

「国王陛下の容体は、あまりよろしくないのですか？」

「うん、良いとは言えないね」

「……そうですか」と、コンスタンスが目を伏せた。「病名は分かったのですか？」

セドリックが、ため息をつきながら首を横に振った。

「主治医は、疲労が溜《た》まったのだろうと言っているが、それにしては長過ぎるよね」

脳裏に浮かぶのは、年の離れた腹違いの兄である国王のこと。

聡明《そうめい》な名君だった彼の様子がおかしくなったのは、数か月前のこと。床に臥せる時間が増え、ぼうっとしていることが多くなった。

国王の体調不良は大事だ。

最初の頃は、セドリックや大臣たちが、彼の代わりに仕事をすることにより、何とか隠してきた。

しかし、公式行事への欠席などが続き、今では周知の事実となってしまった。

(いつかバレるとは思っていたけど、想像以上に早かったな)

椅子の背もたれに寄りかかりながら、セドリックが憂鬱そうに息を吐く。

「まあ、そんな感じだから、最近は茶会だの舞踏会への誘いが激増してね。断るだけでも大変だよ」

コンスタンスが、くすりと笑った。

「セドリック様は今話題の人ですもの。令嬢同士の茶会に行っても、必ず話題に上りますわ」

「みんな都合がいいよねえ、次期国王の可能性が出てきたら、手のひら返してさ」

コンスタンスが目を伏せながら、「それは辛《つら》いですわね」と気遣うようにつぶやく。

例の婚約破棄騒動で、彼女も同じような思いをしたのだろうなと思いながら、セドリックが口を開いた。

「そういえば、君の兄から報告書が届いたよ。上手くやっているみたいだ」

「まあ、良かったですわ」

コンスタンスが、ホッとしたような表情を浮かべた。

ちなみに彼女には、王宮の井戸水を調べるために薬師に会いにいくことは秘密にしており、ただ「極秘任務のために遠くへ行く」とだけ伝えてある。下手に巻き込まないようにという配慮からだ。

「では、お兄様は早く帰ってくるのでしょうか?」

「報告書には時間がかかるようなことが書いてあったから、もしかすると一か月以上かかるかもしれない」

そして、しばらく会話を続けた後、コンスタンスが、ふと思い出したように尋ねた。

「昨年末から起きている、魔道具師の行方不明事件って、どうなりましたの？」

きっとクロエ嬢のことを意識しているのだろうなと思いながら、セドリックが残念そうに首を横に振った。

「残念ながら、未だ何も掴めていない。しかも、この前、とうとう四人目が出てしまった」

「まあ」とコンスタンスが不安そうな顔をする。「クロエがいたら、危なかったかもしれませんわね」

「特許持ちの魔道具師が狙われているから、真っ先に狙われていたかもしれないね」

「お兄様も気が気じゃなかったかもしれませんわね」

顔を見合わせてクスリと笑い合ったあと、二人は引き続き会話を楽しんだ。

いつの間にか日が傾き、夕方の気配が漂ってくる。

長居し過ぎたなと思いながら、セドリックが立ち上がった。

「そろそろお暇することにするよ。長い間すまなかったね」

「とんでもないですわ。とても楽しかったです」

コンスタンスも笑顔で立ち上がる。

その後、セドリックはティールームを出て、エントランスに向かった。彼女に見送られ、手を振りながら馬車に乗る。

そして、オレンジ色に染まる街をながめながら、来た時よりもずっと穏やかな気持ちで騎士団本部へと戻っていった。

三　風邪のち完成

オスカーがサイファに来てから、クロエの生活は様変わりした。

理由はもちろんオスカーだ。

彼は、毎日午後の営業を終える三時頃に店に現れた。

井戸水に投入した薬剤の反応を記録したり、魔力抽出をしたりと、分析のサポートを行う合間に、部屋を整頓しながら夕食を作る。

夢中で作業しているクロエに夕食を食べさせ、一緒に片付けをして、九時になると「もう遅いから寝るんだぞ」と念を押して帰っていく。

お陰で未だかつてないほど作業場が綺麗だし、毎日美味しい夕飯を食べて、お腹はぱんぱん。睡眠もちゃんと取るようになったお陰で朝起きられるようになり、心なしか肌も髪の毛もつやつやだ。

（実家を出てからの四年間で、今が一番健康的かもしれないわ）

そして、そんな生活を過ごして二週間が過ぎた、ある夜。

夕食後のお茶を飲みながら、オスカーが切り出した。

「明日早朝から王都に行ってくる」

追加の井戸水や頼んでいた資料が届いたので、取りに行くらしい。ついでに用事も済ませるため、帰ってくるのは明後日《あさって》の夜で、ここに来るのは明々後日《しあさって》の昼過ぎになるとのことだった。

「ちゃんと食べて寝るように」と念を押して帰っていくオスカーを見送りながら、クロエは思った。いやいや、わたしだってそのくらいできるわよ、と。


しかし。

「はっくしょん!」

オスカーがサイファを出た当日昼過ぎ、彼女はいきなり風邪をひいてしまった。

作業場にて製薬用の大鍋をかき混ぜながら、クロエは鼻をすすった。

「だって、仕方ないわよ、急に寒くなったんだもの」

昨日の夜から、気温が急に下がりはじめたのだ。

朝の営業時も、咳やくしゃみをしている冒険者が多く、風邪薬が売れた代わりに風邪をもらってしまった気がする。

オスカーがいない間に、販売する薬を作り溜めしておこうと思ったのに、体調がすぐれないせいで、どうも進みが悪い。

（ちょっと昼寝でもしようかしら）

ボーッとした頭でそんなことを考えるものの、クロエはぶんぶんと頭を振った。

（そんなことしている場合じゃないわよね）

オスカーは急《せ》かすようなことは言わないが、急いでいるに決まっている。お世話になっている彼のためにも、なるべく早く結果を出したい。

マスクをして、くしゃみを誤魔化しつつ製薬を終わらせ、分析を開始する。


そして、暗くなってしばらくして。

分析の結果を待つ間、クロエは上着を羽織って外に出た。

「寒い！　冬みたい」

震えながら向かうのは、隣の『虎の尾亭』だ。

店内は暖房をつけているのか、とても暖かく、チェルシーが笑顔で迎えてくれた。

「いらっしゃい、ココさん、久しぶりですね」

「うん、最近家で食べることが多くて」

いつも通りカウンターに座って定食を頼み、今日は早く寝た方が良いかもとボーッとしながら考えていると、食事を運んできたチェルシーがクロエをまじまじと見た。

「……ココさん、何だかボーッとしてますね」

「そうだな、心ここにあらずって感じだな」

カウンターの奥でグラスを磨いていたマスターが同意するようにうなずく。

「そういえば、この前冒険者の人が『最近薬屋が朝起きている！　近いうちに天変地異が起きるに違いない！』って騒いでいましたけど、なにかあったんですか？」

チェルシーの言葉に、そんな話になっていたのか、とクロエは苦笑した。

「最近夜寝るのが早いから、朝起きれているだけだよ」

「まあ、健康的な生活ね、でも少し顔色が悪い？」

「ちょっと風邪気味なんだ」

チェルシーと、そんな会話をしながら、久々の『虎の尾亭』の食事を堪能《たんのう》する。

そして、さあそろそろ帰ろうという段になって、突然外から、ザーッという雨の音が聞こえてきた。

チェルシーが窓の外を見に行って、思わずと言った風に声を上げた。

「わあ！　すごい雨！　ココさん、弱くなるまで待っていた方がいいんじゃないです

いない。

か？」

クロエは外をながめた。待ちたいのはやまやまだが、分析の途中で出てきてしまったため、戻るのが遅くなると、またやり直しになってしまう。さすがにそれはもったいない。

「大丈夫だよ、隣だし、走って帰る」

分析が一からになるより雨に濡《ぬ》れる方がいいだろうと判断し、心配そうなチェルシーに見送られて店に出ると、外はバケツをひっくり返したような大雨だった。

失敗したかも、と思いながらも、彼女は身を屈《かが》めて走り出した。

「うわっ！　想像以上にすごい！」

全速力で薬屋に飛び込むものの、池にでも飛び込んだかのように、全身はびしょ濡れで、体がガタガタ震える。

「はっくしょん！」

これはさすがにまずいと、タオルで濡れた髪の毛を拭きつつ、震えながら手早く分析結果を回収し、二階に上がって暖かい服に着替える。

そして、「今日はもう寝よう」とつぶやくと、震えながら寝床に入った。

◇◇◇

翌朝。

店に薬を買いに来た馴染みの冒険者が、心配そうな顔をした。

「大丈夫か、薬屋、風邪か？」

大きなマスクで鼻と口を覆って薬を販売していたクロエが、頭を掻いた。

「ああ、うん。咳とくしゃみが止まらなくて」

「そりゃ辛いな、しっかり休めよ」

お大事にと言いながら帰っていく最後の客の背中をながめながら、クロエは我慢していた咳をゲホゲホとした。

(うーん、辛い……)

夜中寒くて目が覚めたし、体の節々が痛いし、体調は最悪だ。

作業を始めようとするものの、頭がクラクラして焦点が定まらない。

(……ダメだ、薬を飲んで休もう)

こういった症状に効く薬を調合しようかとも思うが、そんな元気はなく、代わりに一般的な風邪薬を飲む。

そして、少しだけ寝ようと思いながら、作業場のソファに横になった。

置いてある毛布をたぐり寄せながら、明日オスカーが来る前に治さなくてはと、ゆっくりと目をつぶる。

その後、お昼過ぎに一旦起きるものの、頭のクラクラが治まらず、水を飲んで再びソファに横になった。

(まずいわね、ピンチだわ、わたし)


そして、次に、ふと目を開けると、部屋はすでに真っ暗になっていた。

横になったまま首を動かして窓を見上げると、月明かりに照らされた窓の縁が鈍く光っている。

(もう夜なのね……)

暗い部屋をぼんやりとながめながら、「今日は何もできなかったわね……明日オスカー様が来るまでには少しはマシになるかしら」などとボーッと考える。

そして、とりあえずもう少し寝ようと、毛布を頭から被ってうとうとし始めて――

チリンチリン。

遠くから呼び鈴の音が聞こえた気がして、クロエは薄く目を開けた。

続いて、ドアをノックするような音が聞こえてくる。

時計を見上げると、時刻は十時を回っていた。

（……こんな時間に誰かしら）

ややボーッとしながらも、クロエは被っていた毛布を横によけた。もしかすると、急患かもしれないと、両手で頬を軽く叩いて意識をはっきりさせる。そして、がんばって起きなきゃと、体に力を入れようとした、そのとき。

突然裏庭の方から、ドサッ、という何かが落ちたような音が聞こえてきた。

続いて聞こえてくる、走るような足音。

そして次の瞬間。バタン、と作業場のドアが勢いよく開かれ、誰かが飛び込んできた。

「クロエ！　大丈夫か？」

「……え、オスカー様？」

何とか体を起こしてドアの方を見ると、月明かりに照らされて立っていたのは、大きな荷物を持ったオスカーだった。

彼はドアの横にかかっているランプに明かりを灯《とも》すと、ソファから起き上がっているクロエを見て、ホッとしたような顔をした。

「良かった。とりあえず起き上がれる状態なのだな」

「オスカー様、どうしてここに？　来るのは明日じゃなかったんですか？」

くらくらする頭を押さえながら尋ねると、オスカーが心配そうな顔でクロエの体をそっと横たわらせた。

「すまない、心配で来てしまった」

彼曰く、つい先ほど馬車で街に戻ってきたらしい。何か食べようと食事処《どころ》に立ち寄ったところ、冒険者たちが「薬屋がひどい風邪をひいたらしい」と話しているのを聞き、矢も盾もたまらず飛んで来た、とのことだった。

「すまない。何度か呼び鈴を鳴らしても返事がないので、倒れているんじゃないかと思って、塀を飛び越えさせてもらった」

そう言いながら、オスカーが大きな手をクロエの額に当てた。

「熱が高いな。ベッドは二階だな？」

遠慮がちに「運んでもいいか？」と尋ねるオスカーに、昨日洗い物を全部洗濯屋さんに出しといて良かったと朦朧《もうろう》と考えながら、クロエがコクリとうなずく。

オスカーに軽々と抱えられて二階に上がると、丁寧にベッドに寝かされて、ふわりと毛布に包《くる》まれた。

「寝るといい、薬を持ってくる」

オスカーが「何かあったら呼んでくれ」と言い残して、一階に下りていく。

クロエは仰向《あおむ》けになると、暗い天井を見つめた。下からオスカーが荷物を出しているらしい、ガサガサという音が聞こえてくる。

若干頭は痛いものの、人のいる気配に心の底から安堵する。

そして、うとうとしていると、階段を上がってくる音が聞こえてきた。ランプの光と共に、お盆を持ったオスカーが入ってくる。

彼はクロエの身を丁寧に起こすと、肩から毛布を掛けて、ベッドの横にあるテーブルにお盆を乗せた。お盆の上には小さな器が載っており、チキンスープが湯気を立てている。

クロエは思わず目を見張った。

「これ、どうしたんですか」

「作った」と、オスカーがスプーンを渡しながら答える。食事をした店で、クロエの名前を伏せて事情を話し、食材を分けてもらったらしい。

「食べられるだけ食べて、薬を飲むといい」

ありがたくスープを口に運ぶと、煮込んだ鶏肉と野菜の味が口の中に広がる。

「これ好きです」

「それは良かった」

クロエがゆっくりりながらも美味しそうに食べる様子を見て、オスカーが安心したように目を細める。

全部食べ終わって薬を飲むと、彼はお盆を持って立ち上がった。

「休むといい、何かあったら遠慮なく呼んでくれ」

「ありがとうございます」

オスカーが「気にするな」とうなずくと、クロエを寝かせ、静かに階段を下りていく。

クロエの胸が温かくなった。体調は悪いが、とても幸せな気分だ。

「……ありがとう、オスカー様」

食器を片付けるカチャカチャという音を聞きながら、彼女はいつの間にか意識を手放した。

◇◇◇

翌日。クロエは、鳥の鳴く声で目を覚ました。

（……よく寝た気がする。今何時だろう）

そして、時計を見て十一時過ぎだということが分かり、彼女は思わず目を見開いた。

「ね、寝過ごした！　お店と分析……！」

機械仕掛けの人形のように、ベッドから飛び起きる。慌てて着替えようと、ややフラフラしながらクローゼットを開けていると、トントントン、と階段を上がってくる音が聞こえてきた。

ドアが軽くノックされ、白いシャツをラフに着たオスカーが入ってくる。

彼は立っているクロエを見て、驚いたような顔をした。

「物音が聞こえたから来てみたら、起き上がっていたのか」

「オスカー様！　わたし、店！　分析！」

焦るクロエを、オスカーがなだめた。

「大丈夫だ。店は開けたし、分析も俺ができる範囲のことは済ませた」

「……そうでしたか」

ありがとうございます、とクロエがホッと胸を撫で下ろす。

オスカーは、彼女をそっとベッドに座らせると、額に手を当てた。

そのひんやりとした感触と優しい手つきに、焦っていた心が落ち着いていく。

オスカーは額から手を離すと、心配そうに彼女の熱い頬に触れた。

「まだ熱が高いな、辛いだろう。朝食を持ってくるから、それを食べて薬を飲んで、もう少し休むといい」

「でも……」

クロエはうつむいた。昨日はほとんど何もできなかった。やることはたくさんある。ゆっくり寝ている場合じゃない。

そんな彼女の頭を、オスカーが優しく撫でた。

「でも、じゃない。病人の仕事は寝ることだ」

穏やかながらも絶対に譲らないという意思を感じ、クロエは起きるのを諦めた。さすがに助けてくれたオスカーの言うことには逆らえない。

オスカーが「いい子だ」と微笑みながら、彼女の頭を撫でる。

その後、クロエは彼が運んできてくれた、卵とミルクの入ったスープパスタを食べて薬を飲むと、夕食の時間までぐっすり眠った。

◇◇◇

オスカーが来て三日目の昼前。

クロエは、相変わらずベッドに横になっていた。

もう微熱程度なのだが、オスカーに完治するまで寝ていろと言われたからだ。

「君は油断し過ぎだ、風邪から肺炎になって命を落とす者もいるんだぞ」

その間の身の回りの世話や薬の販売などを全て引き受けてくれており、もう何とお礼を言ったら良いか分からない。

そして、午後になってようやく熱が下がり、ベッドから起き上がることを許されて一階に下りると、そこには今までになく清涼な空間が広がっていた。

「なんか綺麗になっている気がするわ」

「喉に悪いと思って、徹底的に掃除させてもらった」

オスカーがクロエをソファに座らせると、慣れた手つきでお茶を淹れてくれる。

「少し遅れたが、王都に行ったお土産だ」

そう言って、お皿に出してくれたのは、クロエが好きな焼き菓子だ。

二人は隣り合って座ると、お茶と焼き菓子を食べ始めた。

クロエは、心からの感謝の目でオスカーを見た。

「本当にありがとうございます。オスカー様に来ていただかなかったら、わたし、倒れていたかもしれません」

「……すでに倒れていた気もするが、まあ、終わり良ければ総《すべ》て良しだ」

オスカーが穏やかに笑う。

クロエは、コホンと咳払いをすると、改まったように口を開いた。

「それでなんですけど、欲しい魔道具ありませんか？」

「欲しい魔道具？」

唐突な質問に不思議そうな顔をするオスカーに、クロエがうなずいた。

「はい、今回のことも含め、感謝してもし切れないので、お礼にご希望の物を作って差し上げたいなと思いまして。——あ、断らないでくださいね。感謝の気持ちを表すには、相手の欲しい物をプレゼントするといいって教えてくれたのはコンスタンスなので」

クロエは心に決めていた。こんなに人に感謝をしたのは生まれて初めてだ。何が何でも感謝の気持ちを表したい。

クロエの言葉に、オスカーが「コンスタンスらしいな」と、おかしそうに笑う。

「欲しい魔道具とは、クロエが開発した魔道具の中から、ということか？」

「いえ、欲しい機能を言っていただければ、それをもとに開発します。難しい物だと、実験と改善を繰り返す必要があるので時間がかかりますが、一年以内にはなんとか」

「……予想以上に本格的だな」

オスカーは軽く苦笑いすると、ふむ、と腕を組んだ。

「だが、なかなか難しいな、魔道具にそこまで詳しいわけではないからな」

「では、魔道具に限定せず、『もの』でもいいですよ」

「もの、か……」

オスカーが、腕を組んで考え込む。

（公爵家ともなると、欲しいものは全部あるから、聞かれても困るのかもしれないわね）

そんなことを考えるクロエを、オスカーが真剣な目でじっと見つめる。

彼女は、はっとして両手で眼鏡を押さえた。

「この眼鏡はダメです！　確かにちょっとした魔道具になっていますが、一点ものですし材料がレアなので今なくなると困るんです！」

「……うん、まあ、欲しいのは眼鏡じゃないんだが」と、オスカーが苦笑する。そして考え込むように黙ると、ゆっくり口を開いた。

「もう少し考えさせてもらってもいいか」

クロエは大きくうなずいた。

「はい、もちろんです」

◇◇◇

回復してから、クロエは分析と魔道具の開発に没頭した。

よく休んで体調も睡眠も万全なせいか、頭も動くし、何をやるにも迷いがない。

（体調とか睡眠って大切なのね。オスカー様に本当に感謝だわ）

そして時は流れ、オスカーが来て一か月になろうという、よく晴れた昼過ぎ。

遂にクロエは、『新・成分分析の魔道具』を完成させた。

（で、できたわ!!）

彼女は満足げに「これからよろしくね、頼りにしているわ」と魔道具を撫でると、ガタッと椅子から立ち上がった。

背を向けて座りながら観察ノートをつけていたオスカーに駆け寄ると、喜びのあまりその肩を揺さぶった。

「ど、どうした？」

肩をびくりと震わせるオスカーに、クロエが満面の笑みを浮かべて叫んだ。

「完成しました！　やりました！　やりましたよ！　オスカー様！」

「そうか！　やったな！」

興奮のあまり万歳するクロエを、オスカーが子どものように軽々と抱き上げる。

二人でくるくると回り、ひとしきり喜んだあと、クロエは出来上がった筆入れほどの魔道具を自慢げに見せた。上部には複数の米粒ほどの小さな魔石が幾つも埋め込まれている。

「作っていた時も思ったが、ずいぶんと小さいな」

「はい、持ち運びできるものを作りたいなと思いまして。――まあ、びっくりするほど重いですけど」

じゃあ、いきますよ、とクロエが魔道具の蓋を開けて、穴のような場所に井戸水を注ぎ込んだ。蓋を閉めて魔力を流すと、魔道具がグイングインと音を立てて震え始める。

その間に、クロエは薬師協会が発行している『薬成分図鑑』を作業机の上に置いた。

「この図鑑には三百種類を超える成分が載っているのですが、うち二百番までの成分を、この魔道具の中に登録しています」

「それはクロエが登録したということか？」

「はい。そうです」

と、そのとき。魔道具の上部に付いている魔石の一つが光り始めた。

「光っているな」

「はい、この部分が光るということは、『登録した成分の中に、効果のある成分がなかった』ということです」

オスカーが「もしかして」とつぶやいた。「入れた物質に対して効果がある薬剤を教えてくれるということか」

「はい」とクロエはうなずいた。

原理や理論もろもろ、この時代の知識からすると、相当なオーバーテクノロジーだが、正確性は抜群だ。

「これは画期的だな」と、オスカーが心の底から感心したような声を出した。「つまり、残りの百種類の成分を登録していけば、効果のあるものが分かるということか」

「そうなります。なので、どんどん登録していきましょう」

もちろん、図鑑に記載のある薬剤だけでは足りない可能性も十分ある。でも、今はとりあえず考えなくていい。

買い集めておいた薬剤を、オスカーの手を借りながら次々と登録していく。

そして、早めの夕食を食べ終わり、全ての薬剤を登録し終わった二人は、緊張しながら作業机の上に置いてある魔道具の前に立った。

「じゃあ、いきますよ」

「ああ、頼む」

オスカーが緊張の面持ちで見守るなか、魔道具の中にゆっくりと井戸水を注ぎ込む。

そして、蓋をして魔力を流して待つこと、しばし。

チン、という微かな音と共に、魔道具の上部が光った。

覆いかぶさるように魔道具の上部を凝視するクロエ。そして、勢いよく顔を上げると、満面の笑みで叫んだ。

「やりました！　二八六番の薬剤が、この成分に対して効果があるそうです！」

大喜びで「やったわね！」と魔道具を褒めそやすように撫でる。

そんな彼女に口の端を緩めながら、オスカーが図鑑の目次を指でなぞって当該する薬剤を探していく。

そして、「これだな」とつぶやくと、そのページを読み上げた。

「この成分は、マギケ草の主成分であるマギケで、『子ども特有の〝幼児熱〟に効果を発揮する』そうだ」

「幼児熱……ですか」

オスカーの言葉を聞いて、クロエが難しい顔をした。

人間の体には、魔力を全身に行きわたらせる『魔力回路』がある。

大人になると安定するが、未熟な幼少期にたまにこれが乱れて発熱する。

これが〝幼児熱〟だ。

そして、幼児熱の薬であるマギケ草は、乱れた魔力回路を整える作用がある。

つまり、このマギケ草が効果を発揮するということは、井戸に混入されていた物質は、魔力回路を乱す物質ということになる。

この事実を伝えると、オスカーが眉間にしわを寄せた。

「……魔力回路を乱す物質など聞いたことがないな」

「ええ、わたしもです」

そう同意しながら、クロエは心の中で「今世では」と付け加えた。

(これって、つまりは前世でいうところの『魔毒』よね)

魔毒とは、魔力回路を乱して相手の体調を崩す毒物で、においも味もないことから、前世では相手を動けなくするために使われていた。今世では見たことがなかったので、存在すら忘れていたのだが……。

(こんな毒、一体どこで手に入れたのかしら)

記憶が正しければ、この毒物の入手方法は二つ。魔道具で生成するか、はるか遠くの国にのみ生える高山植物から抽出するか、のどちらかなのだが……。

(今世でそんな魔道具聞いたことないわ。ということは、高山植物？　でも、今世でそんな国と交流があるなんて聞いたことがないわよね)

思考の底に沈むクロエに、オスカーが心配そうに尋ねた。

「どうした？」

「あ、いえ、混入されている物は分かったけれど、その原料までは分からないなと思いまして」

クロエの言葉に、オスカーが真面目な顔をした。

「いや、ここまで分かれば十分だ。何しろ今まで入っている事実さえも分からず、セドリックの勘だけだったのだからな」

彼曰く、確実に何かが混入されていることと、それがマギケ草に反応するという事実さえ分かれば、ブライト王国の専門家に依頼して証拠を手に入れ、大々的な捜査につなげることができるらしい。

クロエは、なるほどと胸を撫で下ろした。どうやら役に立てたようだ。さすがは私の魔道具子《こ》ども《ども》だわ、と思いながら、ねぎらうように魔道具をそっと撫でる。

その後、二人は、実験などで散らかった作業場を片付けながら、

「飲んで害があるのか？」

「井戸水に含まれているのはごく微量なので、バケツ十杯くらい飲んでも軽い微熱が出るくらいだと思います」

といった会話を交わす。

そして作業場の片付けが終わり、オスカーが時計を見上げた。

「もう八時か。早いな」

「そうですね。……あの、ブライト王国にはいつ帰るんですか？」

「明日の馬車で帰ろうと思っている」

目を伏せて答えるオスカーに、「そうですか」とクロエがつぶやく。

この一か月間、ずっと一緒にいたせいか、心の中がどうしようもないほど寂しい気持ちでいっぱいになる。

オスカーが切なそうに、項垂《うなだ》れる彼女の頭を撫でる。そして少し黙った後、ゆっくりと口を開いた。

「裏庭でお茶でもしないか」

「え？」

彼はキッチンにおいてある紙袋を指差した。

「さっき買ったものだ。今日は裏庭で食べてみないか」

そういえば裏庭には、ほとんど出なかったわねと思いながら、クロエがコクリとうなずく。

二人は裏庭でお茶を飲む準備をはじめた。

クロエがお茶を淹れ、オスカーが椅子やクッション、ランプなどを運ぶ。

そして、彼女がお盆を持って裏庭に出ると、軒下の小さなテーブルの上には柔らかい光を放つランプが置かれ、その両側にクッションを置いた椅子が並べられていた。

「何だか可愛らしい空間ですね」

「そうだな」

椅子に座って空を見ると、空一面に星が煌《きら》めいている。

「綺麗ですね」

「ああ、ここまで綺麗なものは初めて見た」

湿った土と花の香りの中でお茶を飲むと、悲しい気持ちが少しだけ癒やされていく気がする。

クロエが空の星をボーッと見ながらお茶をすすっていると、オスカーがふと立ち上がった。

クロエの前に跪《ひざまず》き、真剣な表情で彼女を真っすぐ見つめると、改まったように口を開いた。

「……実は、君に伝えたいことがある」

青色の美しい瞳と、ランプに照らされた端正な顔をながめながら、クロエは思案に暮れた。

（何かしら……、不摂生な生活はダメだとか、自分がいなくなってもちゃんと三食食べろとか、そういうことかしら）

きっと生活面のアレコレだろうと考えながら「はい、何でしょう」と答えると、オスカーがそっとクロエの手をとった。

普段にないオスカーの行動と、その手の大きさに驚いていると、彼が真摯な目でクロエを見た。

「俺は、二年前から、ずっと君のことを愛している」

「…………え？」

さあっと心地よい風が裏庭を通り抜けるなか、クロエは思わず口をポカンと開けた。

オスカーが何を言っているのか理解できない。

何を言っていいか分からず、口をパクパクさせている彼女を見て、オスカーが目を細めた。

「……君がこういったことに疎いのは分かっていたから、まずは友人になろうと努めた」

友人の兄から、友人になって信頼してもらい、徐々に距離を詰めていく予定だったと静かに話す。

「本当は、君が学園を卒業してから正式に交際を申し込もうと思っていた。しかし、あの騒ぎのお陰で、君は国を出ざるを得なくなった」

何と言って良いか分からず、「そ、そうなんですね」と、クロエが目を白黒させせながら相槌《あいづち》を打つ。もう何が何だかさっぱり分からない。

明らかに混乱している彼女を見て、オスカーが申し訳なさそうに「すまない」と謝った。

「数か月前までは、君がブライト王国に帰ってくるのを待つつもりだった。帰ってきたあとに、また徐々に距離を詰めていけばいいと思っていたからだ。でも、そんな悠長なことを言っていられなくなってしまった」

「……なぜですか」

「君の環境だ。俺は、君を誰にも取られたくない」

熱を帯びた瞳で見つめられ、クロエは目を泳がせた。

(ど、どうしたらいいのかしら、こういう時って)

彼女は本気で困っていた。思えば男性に愛の告白をされた経験は、前世も含めて初めてだ。

(……恋愛に関する本も読んでおけばよかったわ)

戸惑い混乱するクロエを見て、オスカーが目を細める。そして、その小さな両手を、自分の大きな手で包み込んだ。

「今すぐ何か返事をして欲しいとは言わない」

「あぁ、あと一年して、君がブライト王国に帰ってきたら、正式に交際を申し込ませてもらおうと思っている。それまでに、答えを考えておいてくれないか」

「……そうなんですか？」

良かった、と心の底から安堵しながらコクリとする。

オスカーのことは信頼しているし、かっこいいと思っているし、これ以上ないくらい感謝している。でも、異性として好きかどうかと聞かれると、「そういう風に考えたことがなかったため、分からない」と言うのが本音だ。

その後、クロエは、満天の星空の下でぼんやりとしながらお茶を飲んだ。

オスカーが色々と話しかけてくるものの、先ほどの告白が衝撃的すぎて、言葉が全く頭に入ってこない。

そして、片付けが終わり、オスカーが「明日早朝また来る」と言って立ち去った後、クロエはボーッとしながら、

「完全にキャパオーバーだわ……、今考えるのは無理……」

とつぶやくと、倒れるようにベッドに入って、早々に意識を手放した。

翌朝、オスカーはサイファを離れ、ブライト王国へと帰っていった。

四．突然のお別れ

早朝、オスカーがサイファの街を出発するのを、どこかぎこちなく見送ったあと。

クロエは、薬屋に戻ってすぐにベッドにもぐりこんだ。

魔道具作りと成分分析が終わって肩の荷が下りたせいか、眠くて仕方がなかったからだ。

その日はそのまま寝て過ごし、夕方過ぎにようやく起き上がると、上着を羽織って外に出た。

屋台通りをブラブラと歩きながら、夕飯用の肉まんを幾つか買う。

しばらく歩いてから薬屋に戻ると、以前のように本を読みながら、モグモグと少し冷えた肉まんを食べ始めた。

活字に夢中になっているせいか、あっという間に食べ終わる。

そして、それらをざっと片付け終わると、彼女は思わず「はあ」とため息を漏らした。

（……何だか味気ないわね）

久々の一人飯が、寂しくて仕方がない。

オスカー様と一緒にご飯を食べるのに慣れすぎちゃったわね、と思いながらお茶を淹れて飲むものの、今度はお茶まで味気なく感じてきてしまった。

(これは考えたらダメなやつだわ)

ジッとしていたら気持ちが落ち込んでしまいそうな気がして、クロエは勢いよく立ち上がった。猛然と製薬鍋に向かい、深夜過ぎまで無心に販売用の薬を作り続ける。


そして、翌朝。

「おーい！　薬屋！　朝だぞ！」

久々に客に叩き起こされ、寝ぼけ眼で薬を販売し、昼過ぎまで二度寝する。

起きた後は再び薬作りに没頭し、気がつけば、外はすでに暗くなっていた。

半日もしないうちに、元の不摂生な生活に逆戻りである。

(……わたしって生活力がなかったのね)

今更なことを実感しながら、今日は一人で食べるのはやめようと、彼女は『虎の尾亭』に向かった。

店の重い扉を開けると、店内には冒険者らしき客が十人ほど陽気に食事をしている。

「ココさん、いらっしゃい」

チェルシーが、にっこり笑って出迎えてくれる。

「お友達のスカーさん、帰ったんですって？」

「よく知っているね」

驚きの声を上げると、どうやら街の噂になっていたらしい。

「スカーさんって、ココさんの生活を管理していることで有名だったのよ。あと、冒険者として、すごく強かったみたいだし」

何それ、と苦笑いしつつ、そういえば午前中は冒険者活動をしているって言っていたわね、と思い出す。

そしてカウンターに座って、いつもの日替わり定食を注文すると、ボーッと目の前のお酒が並んでいる棚をながめた。

(オスカー様は、今ごろどのへんにいるのかしら)

ここからルイーネ王国の王都まで一日、そこから国境まで半日以上かかる。昨日の朝に出発したから、今はブライト王国に入ってしばらく進んだあたりだろうか。

(無事に帰れるといいけど)

そんなことを考えるクロエに、マスターが「今日の日替わりだ」と料理を運んできてくれる。そしてボーッとした彼女の顔を見ると、心配そうに口を開いた。

「ココ、お前、そろそろ休暇でも取ったらどうだ。お前の前任者は、半年に一回は長期休暇を取っていたぞ」

「そうなんですか？」

「そうよ！　ココさんは、営業時間は短いけど、まとまった休みを取っていないもの。きっと疲れが溜まっているのよ」

二人に気遣われ、「そんなにひどい顔をしているかな」と、クロエは苦笑した。

そういえば、最初この街にきたとき、長期休みについて何か言われたわね、と思い出しながら、休みを取るのも悪くないかなと考える。

「そうですね……。昨日今日と、薬を作りまくったお陰で、一か月分くらい在庫ができましたし、近いうちに休みを取ってどこかに行くのもいいですね」

「いいと思うぞ」

「わたしは王都がお勧めね。美味しい物がたくさんあるもの」

ご飯を美味しく食べながら、二人と旅行の行き先についてにぎやかに会話を交わす。

後ろでは、冒険者たちが、いつも通り陽気に騒いでいる。

そして、定食を食べ終わったクロエが、ワインを飲みながらカウンターでうとうとして――ふと、周囲の気配がいつもと違うことに気がついた。

振り向くと、先ほどまで騒いでいた客が全員静かになっており、鋭い目を扉に向けている。

（え？　どうしたの、これ）

クロエが戸惑っていると、チェルシーが険しい顔で耳打ちしてきた。

「さっき来た冒険者の人が、武装した怪しい男たちが、この酒場を囲んでいるって教えてくれたのよ」

「え」と、クロエが軽く目を見開いた。「それ大丈夫なの？　衛兵さんは？」

斜め向かいにある衛兵詰め所は何をしているんだろうと尋ねると、チェルシーがため息をついた。

「分からないわ。もしかして巡回に出ていて、いないのかもしれない。それでなんだけど、ココさん、戦える？」

「い、いや、さっぱり」

慌てて首を横に振ると、チェルシーがカウンターの奥を指差した。

「じゃあ、あっちの奥にいるといいわ。大丈夫、ここにいる人たち、みんな強いから」

クロエは、急いでカウンターの後ろに移動した。ついさっきまで寝ていたこともあり、何が何だかさっぱり分からない。

マスターが、冒険者たちやチェルシーとうなずき合うと、扉に向かって大声を上げた。

「そこにいるやつ！　用があるなら入ってこい！」

店内が緊張に包まれる。

しばらくして、キイィ、と音と共に扉が開き、黒ローブに身を包んだ男性と思われる三人が店内に入ってきた。

扉の外に、同じような服装の人物が、複数控えているのが見える。

冒険者たちが、険しい顔つきをして、油断なく武器に手をかける。

張り詰めた空気のなか、三人のうちの一人が、カウンターの奥で息をひそめているクロエを見て、中央にいる男に小声で言った。

「間違いありません。あれです」

中央の男が、分かったという風にうなずくと、クロエ向かって、口角をまるで三日月のように引き上げた。

「やっと見つけましたよ、クロエ・マドネス。あなたに国家転覆を図った容疑がかけられています。今すぐ我々に同行してもらいましょう」

「……は？　国家転覆？」

クロエは、思わず目をぱちくりさせた。

自分がクロエ・マドネスだとバレていることにも驚いたが、それより何より国家転覆が意味不明すぎる。一体なにを言っているのかさっぱり分からない。

（そもそも、国家ってどこの国家よ）

マスターが、ポカンとしているクロエを振り返ると、訝しげに尋ねた。

「ココ、お前、国家転覆を図ったのか？」

「いやいや、そんな面倒なことするはずないでしょう」

首を横にブンブンと振って否定すると、マスターが「だよなあ」と納得したようにうなずく。そして、扉側に向き直ると、グッと黒ローブの男たちを睨みつけて大声で怒鳴った。

「おい、お前ら、帰れ！　ここは俺の店だ！」

「あれが国家に反逆しようとした罪人だと言ったのが聞こえませんでしたか？」

黒ローブの言葉に、マスターがバカにしたように笑った。

「はっ、お前らは馬鹿か。いきなり来て顔も見せないお前らと、一年間街のために一生懸命働いたこいつと、どっちを信じるかなんて明白だろうが！」

そうだそうだ！　と冒険者たちが声を上げた。

「こいつはな！　朝は弱いが毎日休まず俺たちにすげー薬を売ってくれる最高の薬師なんだ！」

「そうだ！　古代魔道具バカだが息子の喘息《ぜんそく》を治してくれたんだ！」

「俺の動かなかった腕だって治してくれた！　大体こんな面倒くさがりなやつが国家転覆とかややこしいこと、するはずねーだろーが！　嘘くせえ！」

庇《かば》われているのか貶《けな》されているのか分からず、微妙な気分になるクロエの前で、

「仕方ありません、力ずくで連れて行きなさい」

「させるか！　やっちまえ！」

と、いきなり始まる大乱闘。

（え、ちょっと、なにこの展開！）

クロエが、もつれながら表に出ていく男たちに目を見開いていると、チェルシーが叫んだ。

「ココさん、店の奥に隠れて！」

精悍《せいかん》な顔で両手に肉切り包丁を持って外に走り出ていくチェルシーを、呆気に取ら

れて見送るクロエ。頭の中は疑問符でいっぱいだ。あの男たちは一体何なのか。どうして自分をクロエ・マドネスだと知っているのか。

（でも、そんなこと悠長に考えている場合じゃないわよね）

とりあえず言われた通り店の奥に隠れようと、カウンターから出て、厨房から奥へと入ろうとする。

しかし、ドカドカドカッという足音がして、裏口から黒ローブの男が三人入ってきてしまった。

慌てて逃げようとするものの、あっという間に壁際に追い詰められてしまう。

（しまった、平和ボケし過ぎていた。ちゃんと身を守る道具を持ち歩いていればよかった）

心の中で後悔しながら、ジリジリと迫る男たちを睨みつける。

そして、捕まる前に横を走り抜けて外に逃げるしかないと、身構えようとした、そのとき。

ガタンッという音と共に、目にもとまらぬ速さで、何かが室内に入ってきた。

ドカッと鈍い音がして、男の一人が糸の切れた操り人形のように崩れ落ち、残り二人も次々と崩れ落ちる。

慌てて入ってきたものに目をやると、そこには肩で息をした、フードとマスク姿の長身の青年が立っていた。

その予想外過ぎる人物の登場に、クロエは思わず声を上げた。

「オスカー様！」

「大丈夫か、クロエ！」

オスカーが、これ以上ないほど心配そうな顔でクロエに走り寄った。怪我がないかを確かめ、無事だと分かって安堵の表情を浮かべる。

そして、驚き固まる彼女を優しく座らせると、険しい顔で倒れた男たちの所持品を探りながら口を開いた。

「……今朝、ランズ会長から、クロエを探している黒ローブの男たちがいると聞いて、馬を飛ばして戻ってきた」

そして、男の一人の胸ポケットに入っていた紙切れを見て、「やはりか」と厳しい表情をすると、座り込んでいるクロエの前に跪いた。

「すぐにこの街を出よう。立てるか」

「は、はい」

きっと何かまずいことが起きたのねと思いながら、何とか立とうとするものの、足が震えて上手く立てない。

そんな彼女を、オスカーが気遣うように「失礼する」と言いながら、そっと抱え上げた。

オスカーの体温を感じ、クロエは安堵した。強張《こわば》っていた体の力が自然に抜けていくのを感じる。

横抱きされた状態で外に出ると、外では黒ローブの男たちが冒険者たちに縛り上げられていた。

斜め向かいの詰め所にいる衛兵の青年が、「はい、君たち、器物破損でギルティ。二週間反省タイムね」と、男たちに犯罪者用の手錠をはめている。

マスターが、店から出てきた二人に気がつくと、大きな声を出した。

「ココ！　お前、確か今日から休暇で街を出るんだったな！」

「え？」

目を丸くするクロエに、他の冒険者たちもニヤリと笑った。

「そういえば、そう言ってたな！」

「ああ、俺も聞いた！」

戸惑うクロエに、オスカーが「自然な形でこの街を出られるようにしてくれるつもりだろう」と耳打ちする。

マスターが、鋭い目つきでオスカーを値踏みするように見ると、他に聞こえないような低い声で言った。

「おい、色男、こいつのこと、任せられんだろうな」

「命に代えても守るつもりだ」

オスカーが、間髪を容《い》れずに答える。

チェルシーが肉切り包丁を足元に置くと、地面に下ろしてもらったクロエの手を握った。

「お店のことは心配しないで。冒険者ギルドに、ココさんは旅行に行ったって、作った薬を渡しておくから、あっちが勝手に売ってくれるわ」

「そうだぞ！　あいつらに任せとけ！」

「こういう時のためにいるんだからな！」

冒険者たちが笑顔でチェルシーの言葉に同意する。

クロエの視界がにじんだ。みんなの優しさと気遣いで胸がいっぱいになり、何か言わなきゃと思うものの、言葉が出ない。

その後、急ぎ店に戻って、「一緒に行こうね」と『新・成分分析の魔道具』をタオルに丁寧に包んで鞄に詰める。

他にお金と簡単な着替えだけ持って外に出ると、オスカーがすでに馬に乗って待っていた。

「行くぞ」

引っ張り上げてもらい、オスカーの前に横乗りに座ると、マスターが叫んだ。

「頼んだぞ、スカー、うちの街の大切な薬師様だからな！」

「ああ、任せてくれ」

力強くうなずくと、オスカーが馬を走らせ始めた。

「ココさん、気をつけてね！」

「みんな、ありがとう！　本当にありがとう！」

見送ってくれるみんなに、クロエが必死に手を振った。

馬は街を通り抜けると、緊急用の門をくぐり、街道を進んでいく。

サイファの城門が遠ざかるのを、目を潤ませてながめるクロエを、オスカーが手綱を持っていない方の手でそっと抱きしめる。

ペンキで塗りたくったような黒い空には、薄い半月が浮かんでいた。

【幕間③】ブライト王国の王宮にて

クロエとオスカーがサイファの街を出た、数日後。

ブライト王国の王宮内にある、シャンデリアが煌めく豪華《ごうか》絢爛《けんらん》な執務室にて。

ナロウ第一王子の側近である眼鏡の青年ミカエルが、中央のソファに座る王子とプリシラに、心から申し訳なさそうに頭を下げていた。

「申し訳ございません！　私が不甲斐《ふがい》ないばかりに、せっかく見つけたクロエ・マドネスを逃してしまいました」

ナロウ王子が、眉間にしわを寄せて足を組んだ。

「お前らしくない失敗だな」

「彼女の出国を手助けしたと思われる商会の掃除人を買収し、ルイーネ王国のサイファという街で見つけたまでは良かったのですが、捕らえようとしたところ、街の冒険者たちの邪魔が入ったらしいのです」

「それで、あの女はどうしたのだ」

「フードとマスクで顔を隠した男と、馬に乗って街を離れたと」

「誰だ、その男は？　行き先は？」

「身のこなしの良い男で、恐らく冒険者ではないかという話ですが、……行き先も含めて全く分からないそうです」

イラついたような顔をするナロウに対し、ミカエルが平謝りする。

プリシラが、目を潤ませた。

「……ごめんなさい。わたしがクロエさんの誤解を解きたいと言ったばかりに、こんな苦労をさせてしまって」

ミカエルが、恍惚《こうこつ》とした表情で首を横に振った。

「お気になさらないでください。未来の王妃様がそうおっしゃるのです。その望みを叶《かな》えるべく動くのは、臣下として当然です」

「でも……」

プリシラが、俯《うつむ》いて涙をこぼす。

ナロウ王子が、悔しそうな顔をして、彼女の涙をハンカチでぬぐった。

「すまない。これは私の責任でもある。卒業パーティで下手を打ってしまったばかりに、あの女を呼び出すことすらできない状態になってしまった」

婚約破棄騒動が終わったあと、王子は厳しい顔の国王に呼び出された。

国王は王子を叱咤《しった》し、コンスタンスとクロエに関わることを一切禁止した。

また、ソリティド公爵家からの監視も厳しく、お陰で王子は、クロエを呼び出すことはおろか、捜すことすら困難になってしまった。

代わりにミカエルが、すぐに切り捨てられる下位貴族を使って秘密裏に捜していたのだが、今回失敗に終わってしまったのだ。

（くそっ、父上のあの命令と公爵家の監視さえなければ！）

王子は強く思い込んでいた。

裁判所は理屈を並べたが、クロエの証言は明らかに嘘だ。嘘で未来の国王である自分と、王妃になるプリシラを陥れるなど、言語道断。王家の威信を守るためにも、プリシラの名誉を守るためにも、捕らえて断罪するべきだ。

王子が、可憐《かれん》に涙をこぼすプリシラを慰めながら、何とかクロエを連れてくる方法はないものかと考えていた、そのとき。

コンコンコン、と、ノックの音が響いた。

「誰だ」

ナロウ王子が不機嫌そうに声を張り上げると、ドアが開き、恰幅《かっぷく》の良い中年男性がニコニコしながら部屋に入ってきた。

以前よりも数段豪華な服を着たライリューゲ男爵改め、ライリューゲ子爵だ。

王子の顔が輝いた。

「おお、久しぶりだな、ライリューゲ！」

「ご無沙汰しております。陞爵式《しょうしゃくしき》以来ですな。その節はご推薦いただきまして、ありがとうございました」

子爵が、人の良さそうな笑みを浮かべながら、丁寧にお辞儀をする。勧められるままソファに座ると、心配そうな顔で口を開いた。

「何やら雰囲気が重いですな、どうされましたか」

「あの女の件だ。私が不甲斐ないばかりに、未だに、あの女を罪に問えずにいる」

悔しそうな王子を見ながら、「そうですか」と子爵が思案するように目を伏せる。

そして、ふと思いついたように顔を上げた。

「私めに一つ、よい考えがございます」

「ほう、それはなんだ？」

身を乗り出すナロウ王子に、子爵がにっこり笑った。

「あの魔道具師を、今度行われる婚約披露パーティにお呼びになるのです」

ちなみに、『婚約披露パーティ』とは、ナロウ王子とプリシラの婚約を正式に発表する場だ。結婚式とは違い、小さくやるのが通例だが、プリシラのたっての希望で、国内の貴族たちを呼んで大々的に行うことになっている。

　意味が分からないと眉間にしわを寄せる王子に、子爵が笑顔で説明した。

「祝いごとに呼ぶのを止める者はいないでしょうし、王室から直接来る招待状は、いわば王族命令です。さすがに無視はできないでしょう」

　ナロウの顔が、パッと明るくなった。

「なるほど！　そうだな！　慶事を理由に呼び出すのであれば誰も文句は言えまい。そなたは相変わらず知恵が働くな！」

「恐縮でございます」

　子爵は恭しく頭を下げると、愛想よく口角を上げながら立ち上がった。

「では、私はこれで」

　王子が感謝の笑みを浮かべながら立ち上がった。

「良い案を感謝する！　貴公は未来の義父だ、遠慮せずにいつでも来てくれ！」

　子爵は再度恭しく頭を下げると、ゆっくりと部屋を出て行った。

＊

執務室を出たライリューゲ子爵は、一人廊下を歩きながら、ほくそ笑んだ。

（……ようやく、上手くいきそうだな）

現在、国王の体調は悪化の一途を辿《たど》っていると聞く。

継承順位一位は王弟セドリックだが、それさえ何とかなれば、そう遠くない未来に、ナロウ王子が国王になり、娘のプリシラが王妃になるのは確実だ。

プリシラが王妃になれば、王宮でもっと動きやすくなるだろうし、政治への影響力も増す。若い貴族もずいぶんと手懐《てなず》けたから、彼らも大いに役に立ってくれるだろう。

（クロエ・マドネスの件も、今回で目処がつきそうだな）

プリシラを通じて、ナロウ王子に捜させてはいたものの、全く上手くいかず、今まで煮え湯を飲まされ続けた。

しかし、「今回は慶事に出よ」との王室命令だ。さすがに姿を見せないわけにはいかないだろうし、あのうるさいソリティド公爵家も文句は言えまい。

（姿を見せればこっちのものだ。一生有効に使ってやる）

子爵は、ほの暗く笑うと、小さくつぶやいた。

「果たしてどんな娘なのか、実に楽しみだ」

◇◇◇

一方その頃、王宮に隣接する騎士団施設にある、質実剛健な執務室にて。

王弟セドリックが、つい先ほど秘密裏に届けられた封書を読んでいた。

差出人は、現在ルイーネ王国に滞在しているオスカー。

封書の中には、細かい字でびっしりと書いた井戸水の分析に関するレポートと手紙が入っている。

セドリックは、レポートに目を通した。

(なるほど。混入していたのは、魔力回路を乱す物質か)

レポートには、ごく微量の混入のため、バケツ十杯以上飲んでも微熱程度の症状しか出ないであろうことと、マギケ草という薬草が効くと書いてあった。

「……驚いたな」

思わず感嘆の声が出る。まさかここまで分かるとは思わなかった。さすがはあのルイーネ王国冒険者ギルドが極秘に囲っている、凄腕薬師なだけはある。

手紙には、混入された物質の原料までは分からなかったと書いてあったが、ここまで分かれば十分だ。

レポートを大体流し読みし、次は手紙を読もうと開くと、そこには驚くべきことが書かれていた。

『ランズ商会の情報によると、ルイーネ王国の王都に、魔道具師クロエ・マドネスを捜している、黒ローブの男が複数いるらしい』

手紙の最後には、このまま彼女をこの国にいさせるのは危険が伴うと思われるため、緊急に連れて帰るので、レポートを先に送った、と走り書きしてあった。

セドリックは、背もたれに寄りかかりながら思案に暮れた。

(黒ローブの男か。考えつく可能性は二つだな)

一つ目は、黒ローブの男が、今ブライト王国で起きている魔道具師連続失踪事件に何かしら関わりがあるということだ。国随一の魔道具師と有名なクロエが狙われた可能性は大いにある。

そして二つ目は、あまり考えたくないが、甥《おい》のナロウ王子の仕業だ。

コンスタンスの話では、ナロウ王子の側近が、クロエと面識のある令嬢たちにしつこく行き先を尋ねているということであった。側近中の側近、ミカエルがこそこそ何かやっているような話も耳に入っている。外国まで捜しに行っても不思議はないかもしれない。

(いずれにせよ、クロエ嬢には帰国させた方が良いだろうな)

どんな理由であれ、黒ローブで顔を隠して人を捜し回っている男たちに見つかって良い結果になるとは思えない。

セドリックは、深いため息をついた。

国王の体調不良といい、今回の件といい、この国はどこかがおかしくなってきている気がする。

点と点に見えるが、実は線でつながっているのではないだろうか。

(……まあ、まずは解決の糸口がつかめた井戸水の件からだな)

ここから糸を手繰れれば、何かに辿り着けるかもしれない。

セドリックは、オスカーからのレポートと手紙を鍵付きの引き出しにしまうと、井戸水の調査を依頼するべく、急ぎ足で執務室から出ていった。

第二章

プロローグ　クロエ、親友と再会する

クロエとオスカーがサイファの街を出た、数日後。

初夏を感じさせる、やや蒸し暑い曇天の午後。

ブライト王国王都の貴族街を、紋章のついた一台の馬車が走っていた。

乗っているのは、お茶会帰りの、深緑色の上品なドレスを身に纏《まと》ったコンスタンス・ソリティド公爵令嬢。

彼女は、馬車の窓から今にも降り出しそうな空を見上げながら、つぶやいた。

「最近、暗い話題が多いわね」

今日のお茶会の話題は、国王陛下の体調不良問題に、王都で起こっている行方不明事件などで、ほとんど明るい話がなかった。

（本来であれば、ナロウ殿下とプリシラさんの婚約披露パーティは、明るい話題になるのでしょうけど、プリシラさんがあれではね……）

ナロウ第一王子の新しい婚約者であるプリシラ嬢の素行は、驚くほど悪かった。

妃《きさき》教育そっちのけで、毎日お茶会三昧。ドレスや装飾品で散財し、気に入らないことがあると使用人にきつく当たる。第一王子の婚約者を笠《かさ》に着て、やりたい放題だ。

しかし、どういうわけか彼女を慕う者も多く、王宮内は彼女を支持する者としない者で真っ二つに割れていた。

(まるで以前の貴族学園のようだわ)

おかしなことにならなければ良いけれど、とため息をつく。

幸いなのは、ナロウ王子の王位継承順位が、第二位であることだ。

第一位のセドリックが日立たないように、さりげなく王宮内を押さえているため、今のところは何事もなく済んでいる。しかし、彼の気苦労は相当なものだろう。

(セドリック様も、苦労されますわね)

憂い顔で窓の外をながめるコンスタンスを乗せた馬車が、貴族街を走り抜け、ひときわ大きなソリティド公爵家の屋敷の前に停《と》まる。

彼女が馬車から降りると、初老の執事が出迎えた。

「おかえりなさいませ、コンスタンス様」

「ただいま戻りました」

そして、執事と共にエントランスに入ってすぐ、彼女は屋敷内の雰囲気がいつになく慌ただしいことに気がついた。

ソワソワと落ち着かない様子のメイドたちに、バタバタしている男性使用人たち。誰もがどことなく動揺しているように見える。

「これは一体なんの騒ぎかしら」

コンスタンスが尋ねると、執事が戸惑ったような表情で口を開いた。

「……実は、つい先ほど、オスカー様がお戻りになられまして」

コンスタンスが目を見開いた。

「まあ、お兄様が！　ご無事なの？」

「はい、お元気そうでいらっしゃったのですが、何の前触れもなく、少年を一人連れてこられまして」

「少年……？」

執事の話だと、オスカーはその少年と一緒に突然馬車で帰ってきたらしい。

「十五歳くらいの眼鏡をかけた方でして、どうやら眠っていらっしゃったらしく、オスカー様がご自分のマントにその少年を包んで、抱えて馬車から降りられました」

その後、少年を自室に運び、「軽食と飲み物を持ってきてくれ、それ以外は絶対に入ってくるな」と言ったきり、ずっと部屋に籠もっているという。

コンスタンスは眉間に軽くしわを寄せた。

「お兄様は、その少年について何か言わなかったの？」

「遠縁だということ以外、何も」

「……遠縁？」

そんな男の子が遠縁にいるなんて聞いたことがないわ、と首をかしげる。

執事も同じらしく、分かりません、と言いたげに首を横に振る。

(これは、直接確かめた方が良さそうね)

「分かりました。わたくしが様子を見にいきます」

「お願いいたします」と、執事が、ホッとしたような顔をする。

コンスタンスは階段を上がると、廊下を歩いて兄の部屋の前に立った。息を軽く吐くと、小さくノックする。

しばらくして、ドアがガチャリと開き、オスカーが顔を覗かせた。顔には疲労がにじみ出ており、まだ着替えていなかったらしく、旅人のような服装をしている。

「……久しぶりだな」

「おかえりなさいませ、お疲れですわね」

そう言いながら、コンスタンスは、ドアの隙間から部屋の様子を窺《うかが》った。

部屋はいつも通りで、ローテーブルの上には、便箋とペンが置かれている。

「手紙を書いていらしたのですか？」

「ああ、色々と調整が必要でな」

「見知らぬ少年を連れてきたと、家の者が驚いていましたが」

「色々あって、やむなしだった」

コンスタンスは思った。なんだかお兄様らしくないわと。

(妙に歯切れが悪いわ。一体何があったのかしら)

事情を聞いておいた方が良さそうねと、彼女が口を開きかけた、そのとき。

不意に部屋の中から、嬉しそうな声が聞こえてきた。

「コンスタンス！」

部屋の端で人影が動くのを感じ、そちらに目を向けて、コンスタンスは目を見開いた。

「……っ！」

それは肩ほどの長さの髪を無造作にハーフアップにした、約一年半ぶりに見る友の姿だった。

「クロエ！」

コンスタンスはオスカーを押しのけると、クロエに駆け寄って思い切り抱きしめた。

「クロエ！　会いたかったわ！」

「ぐえっ」

「あなたったら、ほとんど手紙も寄越《よこ》さないで！」

「ぐえっ、ちょ、まっ、てか、これってオスカー様と同じパターン！」

「心配したんだから！　悪い子だわ！」

「く、苦しい……」

ジタバタと暴れるクロエを、コンスタンスが夢中で抱きしめる。

オスカーが、慌てて妹の肩に手を置いた。

「落ち着け、クロエが死んでしまうぞ」

「え？」

コンスタンスが慌てて腕を緩めると、そこには、きゅう、といった具合に伸びているクロエの姿があった。

「ご、ごめんなさい！　わたくしったら！　嬉しさのあまり、つい！」

その後、抱きしめられたダメージと積み重なった疲労により、クロエはダウン。コンスタンスは猛省しながら、友人の看病をすることになった。

一・ソリティド公爵家にて

クロエがオスカーに抱えられて、ソリティド公爵家に到着した、翌日。

彼女は小鳥の鳴く声で目を覚ました。

開いた目に飛び込んできたのは、細かい刺繍《ししゅう》の施された天蓋の布と、その隙間から差し込んでくる早朝のぼんやりとした光。

一瞬戸惑うものの、昨日のことを思い出し、彼女は安堵した。

「……そうだわ、公爵邸に連れてきてもらったんだわ」

ボーッと天蓋の天井をながめながら思い出すのは、サイファを出てからの数日間の出来事だ。


怪しい黒ローブの男たちに襲われたクロエが、オスカーに連れられてサイファを出た後、彼は隣の街に馬を進めた。

「もっと移動したいところだが、夜道は危ない」

「どこに行くんですか」

「ブライト王国に戻る。この国にいては、いざというとき君を守れない」

それでいいかと問われ、クロエはコクコクとうなずいた。あの街にいたら危ないのは明白だ。戻るのは予想外だが、いずれにせよ一旦離れた方がいい。

隣の街の小さな宿で眠れぬ数時間を過ごし、夜明け前に出発した。

途中の街で服を替え、道を変え、やや遠回りをしながら、ランズ商会本部に到着する。

そして、商会の助けを借りて国境を越え、そのあと馬車でソリティド公爵家の屋敷に連れてきてもらった、という次第だ。

ちなみに、寝不足が続いていたクロエは、旅が始まってすぐに疲労と発熱で倒れてしまい、ほぼオスカーの膝の上に抱えられているか、マントに包まれて運ばれているかどちらか、という状態だった。

「すみません」と謝るクロエに、「気にしなくていい、俺がいるから大丈夫だ」と励ましてくれた彼には感謝しかない。

(優しいし頼りになるし、オスカー様、本当に……素敵だったな)

ぼんやりとそんなことを考えながら、ベッドの中で寝たり覚めたりを繰り返す。

そして、天蓋の外がずいぶん明るくなってきたなと考えていると、コンコンコン、と控えめにドアをノックする音が聞こえてきた。続いてドアが開く音がして、誰かが入ってくる気配がする。

誰だろうと身を硬くしていると、女性の小さな声が聞こえてきた。

「……起きていらっしゃいますか？」

メイドさんかなと思いながら、「はい」と返事をして身を起こすと、「失礼します」と天蓋のカーテンが開かれ、メイド服を着た人の良さそうな年配の女性が立っていた。

「おはようございます。体調は如何ですか」

「おはようございます、お陰さまでもうすっかり良いようです」

クロエがお礼を言うと、女性はホッとしたような顔をした。

「それはようございました。では、お召し替えいたしましょう。服はこちらで準備しております」

「ありがとうございます」とベッドから下りて、部屋に付いているバスルームでシャワーを浴びたり、着替えたり、髪の毛を整えてもらったりする。

そして、起き出してから、約三十分後。

クロエは、明るい部屋の隅にある、豪華な飾りのついた姿見の前に立っていた。

（うーん、なるほど、こうなるのね）

鏡に映るのは、白色の上質なジャケットとズボンを身につけた、貴族少年風の自分の姿だ。

着替えを手伝ってくれた年配の女性――メイド長曰く、クロエは諸事情により遠縁の少年として滞在することになっているらしい。

オスカー様が手配してくれたのね、と思いながら、クロエは鏡の中の自分を見つめた。まさかブライト王国に戻ってきてまで男装するとは思わなかった。

（でも、さすがはソリティド公爵家のメイドさんね。すごい技術だわ）

少年風の薄い化粧を施されたせいか、どこからどう見ても、品のある貴族の令息だ。

感心して鏡をながめていると、ノックの音の後にドアが開いて、淡い緑色のドレス姿のコンスタンスが入ってきた。

前よりも綺麗になった気がするわと思っていると、コンスタンスがクロエの男装姿を見て、思わずといった風に笑い出した。

「まあまあ！　クロエったら！　何て可愛らしいのかしら！」

そして心配そうな顔で「具合はどう？」と尋ねると、申し訳なさそうに頭を下げた。

「昨日はごめんなさい、わたくしったら、嬉しくてつい締め上げてしまって」

まさかコンスタンスがあんなに力が強いとは思わなかったわ、と密《ひそ》かに思いながら、クロエが明るく言った。

「大丈夫よ。昨日は少し疲れていたから、ちょっと伸びちゃっただけ。今はピンピンしているわ」

コンスタンスは安堵の表情を浮かべると、微笑んだ。

「お腹が空いたでしょう。昼食にしましょう」

二人は部屋を出て一階に下りると、長い廊下を歩いて、大きな窓がついた明るいティールームに入った。

部屋にはピンク色の薔薇の花がたくさん飾られており、窓からは新緑の美しい庭園をながめることができる。

(素敵な部屋ね)

案内された窓際のテーブルには、真っ白なクロスがかかっており、銀のカトラリーが並べられている。

二人は向かい合って座ると、運ばれてきた透明なスープに口をつけた。

「おいしい！」

「良かったわ。消化に良いものを頼んでいるから、無理せず食べてちょうだい」

夢中でスプーンを動かすクロエを見ながら、コンスタンスが微笑む。

メディアワークス文庫 HeadLine

Volume. 170
2024.01.25

https://mwbunko.com/

メディアワークス文庫公式X(旧Twitter)@mwbunko

毎月25日頃発売

『トンデモワンダーズ 上〈テラ編〉／下〈カラス編〉』
著者／人間六度　原案／sasakure.UK
イラスト／APO+

1800万再生突破!
YouTube&TikTokの大人気曲!
『トンデモワンダーズ』小説化!!

メディアワークス文庫　1月の新刊

成功も失敗も、全部、大好きでいいじゃん。
大人気曲が上下巻で小説化!!

トンデモワンダーズ
上〈テラ編〉／下〈カラス編〉

青春　楽しい　ときめき

人間六度《にんげんろくど》　イラスト／APO+
●各定価726円（税込）

原案:sasakure.UK《ササクレ・ユーケイ》

「ワンダー」と呼ばれる不思議なイキモノが住む世界で、目的もなく学校生活を送っていた女子高生のテラは、ある日、ワンダーを倒すクエストに夢中になっている男の子カラスと出会い――。動画投稿サイトで大人気の楽曲が上下巻で小説化!!

2024年1月25日発行
社KADOKAWA
ワークス文庫編集部　〒102-8177　東京都千代田区富士見2-13-3
は、2024年1月現在のものです。
消費税の改定に伴い、消費税(10%)をご負担いただきます。 https://mwbunko.com/

宮田俊哉
(Kis-My-Ft2)
境界のメロディ
イラスト/LAM
傷つきながらも歩み続ける少年たちの痛切な
音楽×青春小説！
5月24日発売予定
ドラマCD付き特装版も同時発売！
詳細は特設サイトにて！ https://mwbunko.com/title/kyoukai_melody/

皇帝陛下の御料理番
田舎娘が、皇帝専属の料理人に!?
なり上がり宮廷グルメファンタジー!!
ファンタジー
楽しい
癒やし
受賞作
佐《さ》倉《くら》 涼《りょう》
イラスト／烏羽 雨
●定価770円(税込)
山奥で猫又妖怪と暮らす紫乃は、ある日怪しげな美形の男を助けたが……
彼の正体は、皇帝・凱嵐だった。紫乃が作る料理に惚れ込んだ凱嵐は自ら
が住む天栄宮に紫乃を連れ帰り、皇帝の食事を司る料理番に任命して!?

氷の侯爵令嬢は、魔狼騎士に甘やかに溶かされる
孤独な氷の令嬢と悪名高い魔狼騎
不器用な2人の甘やかな日々。
恋愛
ときめき
切ない
受賞作
越《お》智《ち》屋《や》ノマ
イラスト／八美☆わん
●定価748円(税込)
大聖女の証・聖痕を持つ侯爵令嬢のエリーゼ。しか
妹と婚約者でありながら彼女のことを厭う王太子
窮地に陥った彼女が出会ったのは「魔狼」と恐れ
サト
栗《くり》原《はら》
Volume.170
発行◎株式会
編集◎メディア
※記載の各定価・予価
※2019年10月以降

その後、運ばれてくる料理に手をつけながら、二人はそれぞれ近況を報告しあった。

コンスタンス曰く、彼女は今、自由を満喫しているらしい。

「わたくし、五歳でナロウ殿下の婚約者になってから、ずっと妃教育と殿下の尻ぬぐいに追われていたから、ほとんど自分の時間がなかったの。だから今が楽しくて」

自分が望むように時間を使える生活が、嬉しくて仕方ないらしい。

「週に何度か、子どもたちに勉強やマナーを教えているの。小さい頃に時間がなくて辞めてしまったピアノのレッスンも再開したわ」

幸せそうに今の生活の話をする彼女を見て、クロエは心の底から良かったなあと思う。

次は貴女《あなた》の番よと言われて、隣国ルイーネ王国の辺境の街で薬屋をやっていた話をすると、コンスタンスがおかしそうに笑い始めた。

「薬屋は予想外だったわ」

ルイーネ王国のどこかで古代魔道具の研究をしているのだと思っていたらしい。

コンスタンスが尋ねた。

「これから貴女はどうするの？　このままブライト王国にいるの？」

クロエはすぐに首を横に振った。

「できれば、なるべく早くサイファの街に戻りたいと思っているわ」

「そうなの？」と、コンスタンスが意外そうな顔をする。

「ええ、サイファは薬師が必要な街なの。とりあえず一か月分以上の薬は置いてきたけど、近いうちに困ることになると思うの。新しい人もすぐには見つからないだろうし」

雇用期間二年でさえ人が見つからなくて困っていたのだ。一年弱だなんていったら、絶対に見つからない。お世話になった街の人たちのためにも、責任を果たすためにも、戻ってちゃんと勤め上げたい。

コンスタンスが、驚いて目を丸くした。

「意外だわ。クロエってそういうのを、あっさり割り切るタイプだと思っていたわ」

以前だったら、「まあ、しょうがないよね」と何も気にせずスパッと辞めていた気がすると言われ、クロエは頭を掻いた。

「……確かに、以前ならそうしていたかもしれないわね。でも、この一年、街のみんなにすごくお世話になったからかしら。あっさり割り切るのは何か違う気がするの」

自分でもよく分からないが、それこそ幼少期に誓った『お天道様《てんとうさま》の下を歩けないことは絶対しない』に反する気がするのだ。

コンスタンスが、しみじみと「クロエも成長したわね」とつぶやく。

その後、二人は思い出話に花を咲かせ、コンスタンスは以前から約束していたお茶会へ、クロエは「もうひと眠りするわ」と寝室に戻ることになった。

ティールームを出て友人と別れた後、クロエは階段を上がって部屋に戻った。「思った以上に疲れていたみたいだわ」と、あくびをしながら上着を脱いで、ベッドにもぐりこむ。

毛布に包まりながら思い出すのは、コンスタンスが今の生活を楽しそうに話す姿だ。

(あんなに楽しそうに自分の話をするところを初めて見たわ)

学園での彼女は、完璧淑女と呼ばれる半面、どこか人形のようなところがあった。

でも、今日は本当に生き生きとしており、とても楽しそうだった。

きっと本来の彼女はこっちに違いない。

「……良かった。コンスタンスが幸せそうで」

そう口角を上げながらつぶやくと、クロエはゆっくりと意識を手放した。

◇◇◇

クロエが、次に気がついたときは、部屋の中はすでに暗くなっていた。

「え、もう九時半？」

時計を見て驚いて廊下に出ると、メイドが控えており、「オスカー様はまだ戻られておらず、コンスタンス様は先に夕食をとってお休みになられました」と教えてくれた。

「……すみません、こんな時間まで寝てしまって」

「ようございます。お疲れだったんですよ、夜食をお食べになりますか？」

「ありがとうございます」

恐縮しながら、部屋に持ってきてもらったスープと可愛らしいサンドイッチをありがたくいただく。

全て食べ終わり、食後に淹れてもらったお茶を飲みながら一息ついていると、外から馬の嘶《いなな》きが聞こえてきた。

（オスカー様、帰ってきたのかしら）

部屋を出て、等間隔に明かりが灯っている薄暗い廊下を歩いて階段に向かう。

そして、階段が見えてきたというところで、彼女はふと思い出した。

そういえば、わたし、オスカー様に告白されたんだったわ、と。

（ここに来るまで必死だったから気にする余裕がなかったけど、アレってどうなるのかしら）

オスカーは「一年後、ブライト王国に戻ってきた時に正式に交際を申し込むから、それまでに考えておいてくれ」と言っていた。

その後、色々あり、ブライト王国には戻ってきた。でも、まだ一年後ではない。

（……これは、どう考えればいいのかしら）

クロエは、立ち止まって考え込んだ。

一年後という期間が重要なのか、ブライト王国に戻ってきた、という事実が重要なのか、どちらだろうと頭を悩ませる。

（……でも、いずれにせよ、黒ローブの男たち事件が解決してからよね）

恋愛経験は皆無だが、これだけは分かる。この件は、しっかりと腰を据えて考えるべき大切なことだ。黒ローブの男たち事件が終息した後、改めて自分と向き合いながら、きちんと考えよう。

心の中でそう決めると、再び廊下を歩き出す。

そして、薄暗い階段を下りていくと、明るいランプの光に照らされたエントランスに、騎士服姿のオスカーが立っているのが見えた。

告白の時に跪かれたことが一瞬頭に浮かんで恥ずかしくなるが、クロエはブンブンと頭を振ってそれを霧散させると、努めて普通に声を掛けた。

「おかえりなさい、オスカー様」

「ただいま、クロエ」

彼女が階段から下りてくるのを見上げて、オスカーが嬉しそうに微笑む。

何だかオスカー様を見ると安心するわね、と思いながら、クロエがエントランスに下り立つと、彼はやや心配そうに目を細めた。

「体調はどうだ、よく眠れたか？」

「はい、お陰さまで。お昼をコンスタンスと一緒に食べた以外は、ほとんど寝ていました。つい先ほど起きて、夜食をいただいたところです」

クロエが「夜食のサンドイッチ、とても美味しかったです」と、嬉しそうに報告すると、オスカーが「そうか」と口元を緩ませる。

甘い空気が二人の間を流れる。

そして、オスカーが手を伸ばして、愛《いと》おしげにクロエの髪の毛に触れようとした、そのとき。

扉からガチャリと音がして、外から執事が入ってきた。

「馬を厩《うまや》にとめてまいりました」

「ああ、ご苦労」

オスカーの雰囲気が、すっといつものクールなものに戻る。彼は軽く咳払いをすると、クロエを見た。

「遅くに申し訳ないのだが、少し時間をもらえるか。話しておきたいことがある」

「はい、もちろんです」

きっと黒ローブの男たちの話ね、と思いながらクロエがうなずく。

その後、オスカーは一旦着替えに部屋に戻り、彼女は執事にランプの灯ったティールームに案内された。

(昼間とずいぶん雰囲気が違うのね)

明るくにぎやかな昼間も良いが、柔らかい光に照らされた夜もまた、別の趣がある。

ひんやりとして静かな庭から聞こえてくる、ホーホーという鳥の声に耳を傾けながら、出されたお茶を飲んでいると、部屋着姿のオスカーが現れた。

彼は正面に座ると、メイドにお茶を頼みながら、クロエに柔らかく微笑んだ。

「部屋はどうだ、快適に過ごせているか」

「ありがとうございます、とても快適です。コンスタンスにもメイドさんたちにも、とても良くしてもらっています」

ここに連れてきてくれたことも含め、感謝の言葉を述べる。

オスカーは「気にしないでくれ」と微笑むと、執事に少し離れるようにと合図してから、声をひそめた。

「例の黒ローブの男たちの件だが、犯人の目処がついた」

クロエは目を見開いた。

「え、早くないですか？」

「男の一人が持っていた手紙が手掛かりになった」

そういえば、倒れた黒ローブの男のポケットから何か取り出していたわね、と思い出す。

「あれ、何が書いてあったんですか？」

「簡単な指示だ。それを見て、この国の人間が絡んでいるということが分かった」

言い回しが、ブライト王国特有のものだったらしい。

よくそんなところに気がついたわね、と感心しながら、クロエが尋ねた。

「ということは、指示した人がいるということですか」

「ああ、恐らく貴族だ。バレたら尻尾を切って逃げるつもりなのだろう」

クロエは首をかしげた。なぜこの国の貴族が自分を狙ってわざわざサイファの街まで人を寄越したのだろうか。

「あの、目的は分かっているんですか？」

「……まだ明確ではないが、大体察しはついている」

オスカーが目を伏せて暗い顔で笑うのを見て、これはあまり良い理由ではなさそうね、と思う。

（まあ、人を強引に連れて行こうとした時点で、良い理由なはずはないわよね）

オスカーは、切り替えるように軽く息を吐いた。

「尻尾を切られるにしろ、切られて逃げられるだけでは済ませないつもりだ。ただ、解決するには少し時間がかかる。それまでこの屋敷に滞在してくれないか」

きっとその方がいいのね、と思いながら、クロエはうなずいた。

「はい、そうさせていただけると、わたしも助かります」

オスカーが嬉しそうな顔をした。

「ありがとう。コンスタンスもきっと喜ぶ。テオドール氏に、君がここにいることを伝えておこう」

その後、二人は、今日の出来事やルイーネ王国との天気の違いなど、取り留めのない話に花を咲かせた。この二か月間で共通の話題が増えたせいか、話が弾む。

そして、しばらくして、オスカーが時計を見上げて残念そうに口を開いた。

「時間が経つのは早いな。もう十一時過ぎだ。そろそろ寝た方がいいな」

「はい、オスカー様、明日も早いんですよね」

名残惜しいけど、ここに住むならまた話す機会があるわよね、と思いながら、クロエが立ち上がった。

「まあ、いつも通りだ」と言いながら、オスカーも立ち上がる。そして、ふと思い出したように口を開いた。

「例の分析の件だが、セドリックが君の分析結果に基づいて調査を開始していて、早速マギケ草に反応がある物質が見つかったそうだ。君にお礼を言ってくれと言われた」

「そうですか」

入手経路が気になっていたことを思い出すものの、もう自分の手を離れたことなのだから、気にするのはやめようと首を振る。

その後、オスカーはクロエを部屋の前まで送ると、二人は「おやすみなさい」と手を振り合って別れた。

◇◇◇

一方その頃。

クロエの斜め向かいの部屋では、ネグリジェ姿のコンスタンスが、枕を抱えてベッドの上をゴロゴロと転がっていた。

「ああ、もう、なんて気になるのかしら」

気になっているのは、クロエと兄オスカーの関係だ。

もともとオスカーはクロエのことが好きだった。

本人は隠していたつもりだったらしいが、周囲にはバレバレで、コンスタンスも彼の友人であり上司でもあるセドリックも生暖かく見守っていたわけだが。

(帰ってきてから、好きの度合いが数段階上がった気がするわ)

まず目だ。クロエを見る目が甘すぎて、こっちが恥ずかしくなるほどだ。言動に関しても好きのオーラがにじみ出ているし、倒れた時の心配具合など見ていて驚くほどで、貴方一体誰なの？　と尋ねたくなるレベルだ。

（絶対に何かあったわ。きっと何か進展があったのよ）

通常であれば、さりげなくクロエから聞き出すところだが、今回コンスタンスにはそれができない理由があった。

（……多分だけど、お兄様の極秘任務と、向こうからクロエを連れ帰ってきたことには関係があるわ）

今までもオスカーが秘密裏に動くことはあった。しかし、今回は恐らく機密のレベルが違う。元第一王子の婚約者の勘としては、国家レベルだという気がしている。

（クロエも極秘任務に絡んでいるのかもしれない）

そんな彼女から、オスカーのことを聞きだすことは、機密を聞き出すことになりかねない。これはさすがにナシだ。

というわけで、兄について触れないように気を配りながら、クロエと話をしているのだが。

（気になるものは気になるわね……）

「兄は、久々に会ったクロエを見て、どんな反応をしたのか、何を話したのか」

「兄がルイーネ王国にいた約二か月間、ずっと一緒にいたのか」

「素敵なイベントはあったのか」

「関係に進展はあったのか」

など、少し考えただけで、片手では足りないほど聞きたいことがある。

（こんなに知りたいことがあるのに聞けないなんて、ああ、なんて歯がゆいのかしら）

枕を抱えてベッドの上をコロコロと転がる。

そして、思った。それにしても、この一年のクロエの変化も目を見張るものがあったわね、と。

（びっくりしてしまったわ）

四年半前、学園に入学したてのクロエは、魔道具以外興味がない人間だった。

魔道具と関係がない人とのつながりや組織を徹底的に面倒くさがり、五分で終わるクラスミーティングにさえ出なかった。

そのクロエが、今回、魔道具とは無関係そうな『街』というコミュニティを大切に思っている発言をしたのには本当に驚いた。『みんなのために早く戻りたい』だなんて、以前のクロエだったら絶対に言わなかった。驚くほど大きな変化だ。成長と言ってもいいかもしれない。

（凄いわ、クロエ。わたくしもがんばらないと）

コンスタンスは枕に、ぽふっと顔をうずめた。まだやりたかったことの半分もできていないわと考える。

そして、「次は剣術を習おうかしら」と思いながら、彼女は幸せな気持ちで眠りについた。

【幕間④】　側近ミカエル

クロエがブライト王国に戻ってきてから、約十日後。

ナロウ王子の側近であるミカエルが、険しい顔で騎士団本部内を歩いていた。理由は、第一騎士団の副団長であるオスカーに呼び出しを受けたからだ。

（……恐らくは、ナロウ殿下かプリシラ様への抗議でしょうね）

ここ最近、ナロウ王子とプリシラの警護を担当している第一騎士団所属の騎士たちが、二人に対して不満を持っていると聞いている。恐らくはその件だろう。

早足で歩きながら、ミカエルは憮然《ぶぜん》とした。

（騎士の分際で未来の国王夫妻に文句を言うなんて、騎士団こそ一体どういう教育をしているのかという話です）

黙って話を聞く気はない。こちらからも文句を言ってやる。

そう決意を固めながら騎士団本部の受付に行くと、受付の女性がすまなさそうな顔をした。

「申し訳ございません、オスカー副団長はまだお戻りになられていません」

「構いませんよ、私の方こそかなり早く来てしまいましたし」

「お部屋でお待ちいただけますか、お茶をお持ちいたします」

女性に案内されて、紺色の絨毯《じゅうたん》が敷かれたオスカーの執務室に通される。

部屋を見回しながら、シンプルで無駄のない作りだと思っていると、女性がお茶を運んできた。

「ほう、変わった香りですね」

「セドリック様が外出先でお飲みになって、気に入って買ってこられたものです」

「そうですか」と言いながら、ミカエルはカップの中をながめた。独特な味だが、寝不足でボーッとしていた頭が冴《さ》える気がする。

(王宮のお茶はライリューゲ領のものと決められていますが、たまにはこういうのも悪くないですね)

一人でお茶を楽しんでいると、ドアがノックと共に開かれ、書類束を持った長身の青年が入ってきた。

ミカエルはティーカップを置くと、立ち上がった。

「お久しぶりです、オスカー様」

「久しぶりだな、ミカエル」

青年の名は、オスカー・ソリティド。

公爵家の子息で、ミカエルの四歳年上の従兄《いとこ》にあたる。

国屈指の剣の使い手で、近いうちに団長になることが確実視されている人物だ。

ミカエルは、書類を執務机の上に置くオスカーの横顔をながめた。整った顔立ちに、どことなく不機嫌そうな色が見える。

(やはり苦情を言う気ですね)

こちらも言うべきことは遠慮せずに言わねば、と意気込むミカエルを、オスカーが正面に座りながら、ジッと見つめた。

「……なぜ呼ばれたか分かっているか」

「分かりません」

こちらは悪いことは何もないのだから、分かるはずがないだろうという意味を込めて返すミカエルに、オスカーが射貫《いぬ》くような視線を向ける。そして、冷たい笑みを浮かべると、ゆっくりと口を開いた。

「……ランズ商会、という名前を聞いたことがあるな」

ミカエルは思わず目を見開いた。

予想外の言葉に、心臓が早鐘のように打ち始める。

まさかと思いながら、彼は軽く息を吐いて呼吸を整えると、何ともないことのように答えた。

「……はい、知っております。我が国のみならず周辺国にも多くの店舗を持つ大商会です」

オスカーが鋭い目でミカエルを見据えた。

「そうか、知っているなら話が早い。ルイーネ王国のランズ商会本部に出入りしていた掃除人が、この国の貴族に買収されて、とある人物の居場所を無断で調べた」

「……」

「黒いローブを着た男たちが、その人物を誘拐しようとして失敗してな。彼らは今でもルイーネ王国の冒険者ギルドに拘束されていて、色々と面白いことを話しているらしいぞ」

「……そうですか」

平静を装いながらも、ミカエルの背中に冷たい汗が流れた。

下位貴族が勝手にやったことだと尻尾を切るつもりではあるが、従兄のあまりの迫力に冷や汗が止まらない。

オスカーが低い声を出した。

「なぜだ」

「なぜ？」

「俺の知っているミカエルは、慎重で聡明な人間だったはずだ。にもかかわらず、なぜ殿下やプリシラ嬢を諫《いさ》めない」

ミカエルの胸に怒りがこみ上げた。

あの二人を理解せずにこんなことを言うとは不敬極まりない。とても許容できる発言ではない。

「諫めるなど恐れ多い、お二人が間違っていることなどありません」

そう強く主張すると、オスカーがすっと目を細めた。

「……本気で言っているのか？」

「もちろんです」

つっけんどんに答えた瞬間、ゆらりとオスカーの体から殺気が立ち上った。

ミカエルの肌が一気に粟立《あわだ》ち、悲鳴を上げそうになる。

オスカーは深呼吸して殺気を抑えると、ゆっくりと口を開いた。

「……では尋ねるが、当番の騎士の顔が気に入らないからクビにしろと騒ぐのは、間違っていないと言えるのか？」

「……」

「聞けば、忠実に仕事をしていた騎士に、『顔が気に食わない、お前はクビだ』と勝手に申し渡した上に、『護衛騎士は私が選ぶから、第一騎士団を全員目の前に並べろ』と命令したらしいな。——お前はこれが間違っていないと断言できるのか？」

ミカエルは黙り込んだ。

その場で見ていた時は、当たり前だと思っていた。未来の王妃様に仕えるのであれば、顔の造形が整っているべきだろうと考えたからだ。

しかし、なぜか今は、それが間違っていたことのように思われた。

オスカーがミカエルを見据えた。

「それと、割り当てられた予算がもう残り少ないと、礼を尽くして説明した財務省の文官に、扇を投げつけたそうだな。お前はこの行為も、正しい行為と言い切れるのか？」

「……」

ミカエルは俯いた。

聞いた時は、プリシラ様に耳汚しな金の話をするなど、扇を投げられて当然だと思った。しかし、今こうやって聞くと、やり過ぎな気がしてくる。

ハンカチを出して冷や汗をぬぐうミカエルに、オスカーが続けた。

「ナロウ殿下についてもそうだ。割り当てられた公務を全て文官に押し付け、プリシラ嬢にべったりで、国の金で放蕩《ほうとう》三昧していると聞く。お前はこれが王位継承権を持つ王族の行為として間違っていないと言い切れるのか？」

「そ、それは……」

ミカエルは、混乱した頭を必死に整理した。

何かがおかしい。間違っていないと思っていたものが、間違っている気がする。

(何が起きた。何が間違っている)

色を失うミカエルに、オスカーが淡々と言った。

「国王陛下が、ナロウ殿下に対して、コンスタンスとクロエ嬢への接近禁止命令を正式に下したのは知っているな？」

「……はい」

「それを無視してクロエ嬢を捕らえようとしているナロウ殿下を、お前はなぜ諫めなかった？　あまつさえ手を貸すなど、お前がやっていることは、王命違反だ」

ミカエルは、ガツンと頭を叩かれたような衝撃を受けた。

オスカーの言う通りだ。自分がやったことは、貴族が一番やってはならない王命違反だ。今更それに気がつき、体が震える。

「お前の役割は、殿下を正しい方向に支え導くことじゃないのか。改めて訊《き》く。なぜ殿下を諫めない」

オスカーの言葉に、ミカエルは混乱した頭を抱えた。

なぜ自分は王命違反を犯すことを推奨し、幇助《ほうじょ》したのだろうか。なぜ自分は間違ったことを正しいことだと思い込んでしまったのだろうか。

立ち上がったオスカーが、顔面蒼白《そうはく》のミカエルを冷たく見下ろした。

「これは警告だ。二度目はない。よく考えろ」

◇◇◇

どこをどうやってオスカーの執務室を出て王宮に戻ったのか。気がつくとミカエルは王宮内を早足で歩いていた。

手足は氷のように冷たいのに、汗が滝のように流れてくる。

(おかしい、何かがおかしい)

すれ違う人の好奇の視線など気にする余裕もなく、走るように廊下を歩いて目的の部屋の前に辿り着く。

　そして、肩で息を切りながら、ドアを必死でノックした。

「……どなたですか」

　警戒したような顔をしたメイドがドアを開け、ミカエルを見て驚きの声を上げた。

「まあ、ミカエル様！　どうなさいましたの⁉　酷《ひど》い顔色ですわ！」

　それには答えず、ミカエルが倒れるように部屋の中に転がり込む。

　部屋の中央でメイドたちと楽しそうに話をしていたプリシラが、目を見開きながら立ち上がった。

「どうしたの？　ミカエル？」

「……申し訳ございません、すぐにお話ししたいことがありまして」

　プリシラが「分かったわ」と、メイドと部屋の隅に立っていた護衛騎士を下がらせた。

「それで、どうしたの？」

　ミカエルは縋《すが》りつくようにプリシラに駆け寄ると、その前に跪いた。

「わ、私は、間違ったことをしてしまったかもしれません」

「え、いきなりどうしたのよ、一体」

「私は取り返しのつかないことを……」

俯いて、うわごとのようにつぶやく。

プリシラは軽くため息をつくと、優しく尋ねた。

「ねえ、ミカエル。何があったの？」

ミカエルが、ぽつりぽつりとオスカーとの会話をかいつまんで話す。

プリシラは「ふうん」とつまらなそうにつぶやくと、にっこり笑ってミカエルの手を握った。

「間違っているのはオスカーよ。あなたが間違っていることなんて一つもないわ」

「そう、でしょうか……」

プリシラが聖女のごとく微笑を浮かべた。

「ええ、私がそう言っているのだもの。お父様もそう言ってらしたわ」

「そうですか……」

プリシラに優しく諭され、体の力が抜けていくのを感じる。上がっていた息が落ち着くと共に、心も落ち着いていく。

(彼女がこう言っているのです。私はきっと間違っていない)

そう思いながらミカエルはそっと立ち上がった。考えを巡らせ、やはり自分は間違っていなかったと確信する。

彼は申し訳なさそうに頭を下げた。

「すみません、小さい頃から知っている従兄に言われたせいで、真実を見誤ってしまいました。不覚です」

「ふふ、あるわよね、そういうこと。気にしていないから大丈夫よ」

ミカエルは感謝の目でプリシラを見た。何と慈悲深く優しい人なのだろう。

「また、来ても良いですか」

「ええ、もちろん。いつでも来てちょうだい」

プリシラが、笑顔で入り口まで送ってくれる。

ミカエルはホッと安堵の息をついた。やはり彼女は正しく清らかで美しい。

今後信じるのはナロウ殿下と彼女だけにしようと、改めて心に誓う。

だから、彼は気がつかなかった。ドアを閉める瞬間、プリシラが顔を歪めて「馬鹿な男」とつぶやいたのを。

二　王宮での邂逅《かいこう》

クロエがソリティド公爵家に到着した、約二週間後。

どんよりと曇った少し蒸し暑い朝。

少年貴族風の格好をしたクロエが、オスカーと共に王都を走る馬車に乗っていた。

行き先は、王宮。目的は『現地で井戸水を調べること』だ。

なぜこんなことになったかというと、数日前、「黒ローブの男たち事件の解決の目処が立った」と言うオスカーに、クロエが頼み込んだのだ。

彼女は、混入された物質が何なのかが猛烈に気になっていた。

（もうわたしの役割は終わったから気にしないでおこうとは思ったのだけど、気になるものは、やっぱり気になるのよね）

もちろんオスカーには難色を示された。

「君は少し前まで追われる身だったのだぞ」と窘《たしな》められるものの、「どうしても気になることがあるからお願いします」とせがみ、ようやく今回の訪問が実現した形だ。

ちなみに、今日のクロエは、ソリティド公爵家の遠縁の少年ということになっている。王宮にはよく貴族の令息が見学に来るらしく、それを装うのが一番目立たないらしい。

クロエは、馬車に揺られながら窓の外をながめた。

遠く灰色の雲の下に見えるのは、貴族学園の屋根だ。

（一年半くらい前まではあそこに通っていたのよね）

なんだか遠い昔のことみたい、と考えていると、馬車が王宮に隣接する騎士団本部

の前に停まった。

「到着だ。まずはセドリックに挨拶していこう」

二人は馬車を降りると、本部建物の中に入った。

一階の端にある部屋のドアをノックして中に入ると、そこは大きくてシンプルな執

務室。

書類仕事中だったらしいセドリックが、顔を上げて二人を見ると、明るい笑顔で立

ち上がった。

「やあ、待っていたよ。ええっと……、クロエ嬢？」

「はい、ご無沙汰しております。クロエ・マドネスです」

クロエが声を出すと、セドリックが楽しそうに笑った。

「聞いてはいたけど、見事な変装だね。まるで本物の貴族の子息のようだ。さあ、どうぞ、座って」

「ありがとうございます」と、クロエは中央のソファに座った。オスカーが守るように彼女の後ろに立つ。

セドリックはその正面に座ると、温和な笑みを浮かべた。

「せっかく亡命しているのに、突然押しかけた上に手間のかかる分析を依頼してしまって悪かったね。しかもこうやって直接来てもらえるなんて、ありがたい限りだよ」

丁寧にお礼を言ってくれるセドリックに、クロエは感心した。前も思ったが、彼はいい意味で王族らしくない。

そして、女性が運んできてくれたお茶に口をつけ、その独特の爽やかな風味に彼女は思わず目を見開いた。

「これ、マギケ草ですか」

「さすがだね、その通りだよ」

井戸水が人体に影響がないとは分かったものの、万が一に備えて調合してもらったらしい。

「少し前から騎士団本部で飲んでみているのだけど、眠気がスッキリ覚めると好評でね。――それで、例の件についてなのだが」

　セドリックが声をひそめた。

　彼曰く、外部に再分析を依頼したところ、小動物を使った実験において、魔力回路の乱れが認められているらしい。

「もう少しデータが取れれば、大手を振って捜査できそうなのだけど、どうしても分からないのが『混入された物質』でね」

　そうですよねと、クロエがうなずいた。

「わたしも凄く気になっていまして、それを調べたくて今日ここに来ました」

「なるほど」とセドリックが真剣な顔をした。「君がもしもそれを突きとめてくれれば、こちらとしては、これ以上助かることはないよ」

　そして、オスカーとうなずき合いながら言った。

「君が見学することは王宮側に伝えてあるし、オスカーも同行する。他の騎士にも見張らせるつもりだから大丈夫だとは思うけど、くれぐれも一人で行動しないようにね」

　色々配慮してもらってありがたいことだわ、と思いながら、クロエがお礼を言う。

　その後、男性二人の軽い打ち合わせが終わるのを待ち、彼女はオスカーと共に執務室を出た。

廊下を並んで歩きながら、効率的に調べていかねばと考える。

そしてオスカーに、「まずは何をしたい？」と問われ、クロエは答えた。

「王宮にある井戸、全部見たいです」

◇◇◇

クロエがオスカーと共に王宮に入って三時間後、お昼過ぎ。

王宮の一階にある大食堂の窓際の席で、クロエは頬杖をついて中庭をながめていた。

（とりあえず、「環境による汚染」の線は消えたわね）

彼女はここに来るまでに、幾つか仮説を立てていた。

そのうちの一つが、「環境による汚染」だ。

例えば、未知の植物の花粉が井戸に入ったとか、染料部屋など害のある物質が発生する部屋が井戸の近くにある、といったことだ。

そして今日、念入りに井戸周辺を調べた結果、井戸の周囲に水を汚染するようなものがないことが分かった。

（……ということは、やっぱり誰かが故意に入れたってことになるわよね）

クロエが、一体誰が何の目的で入れたのかしら、と考えていると、

「待たせたな」

オスカーが大きなお盆を持って現れた。お盆の上の料理をテーブルに移し始める。

立ち上がってそれを手伝いながら、クロエはお皿の上の料理をながめた。

（スープとパン、肉料理にサラダ。何だか貴族学園の食堂みたい）

オスカーに昼食はいつもここで食べているのかと問うと、彼は首を横に振った。

「いや、いつもは騎士団の食堂で食べている。こちらは落ち着かないからな」

「確かに……」

チラリと周囲を見ると、女官服を着た女性たちが、うっとりした表情でオスカーをながめている。獲物を狙うようなギラギラした目の女性もかなりの数いる。

クロエは苦笑した。確かにこれは落ち着いて食事ができなさそうだ。

「前から思っていましたけど、オスカー様ってめちゃくちゃモテますよね。昔からこんなにモテたんですか」

「さあ、どうだろうな」

スープを上品に口に運びながら、オスカーは目を伏せると、話を変えるように食堂

の奥の方を指差した。

「そういえば、あそこにジュースがあるぞ」

「ジュース？」

「ああ。ワインに近い葡萄《ぶどう》ジュースで、アルコールに弱い者があれを飲むんだ」

それは助かるわ、と思うお酒に弱いクロエ。「わたし、取ってきます」と立ち上がると、いそいそと食堂の奥に向かった。

奥では中年の女性がグラスに入った赤ワインのような色のジュースを配っている。

それを二つもらうと、クロエはオスカーの待つテーブルに戻った。「オスカー様もどうぞ」とグラスを渡す。

彼は嬉しそうに微笑んだ。

「ありがとう。では、乾杯するか」

「はい」

軽くグラスを触れさせて、クロエはジュースに口をつけた。甘酸っぱい香りが口の中に広がる。

（うーん、美味しい！）

そして、口の中に含んだそれを飲み下して。

「……ん！」

彼女は思わず大きく目を見開きながら、片手で口元を押さえた。

「どうした！」

オスカーが慌てたようにグラスをテーブルの上に置く。

クロエは口元に手を当てたまま、目を白黒させた後、小声で尋ねた。

「……オスカー様、感じませんでしたか？」

「何をだ？」

クロエは深呼吸すると、彼の青い瞳を見ながら声をひそめた。

「これ、多分、井戸水と同じものが入っています」

◇◇◇

その日の夕方。

クロエは、騎士団本部にある誰もいないオスカーの執務室で、腕を組んで難しい顔をしていた。

目の前のテーブルに置いてあるのは、王宮の簡単な地図だ。真ん中に中央棟、東西南北に四つ棟があり、少し離れたところに離宮がある。

地図の上には、黒いインクで、○や×が描かれている。

それらをながめながら、クロエはため息をついた。

(困ったわ、ますます分からないことになってしまった)


ジュースに混入物を感じた後、クロエは持ってきた『新・成分分析の魔道具』を使って成分を調べた。

(やっぱり、マギケ草に反応するものが入っているわ)

混入量はごく微量。セドリックに次ぐ魔力量の持ち主であるクロエだから気がつけたというくらいで、オスカーは全く気がつかなかったらしい。

その後、ジュースが保管されているという地下の酒蔵を調査した結果、彼女はとんでもないことに気がついてしまった。

『この酒蔵の酒樽《さかだる》全てに、マギケ草に反応する物質が混入されている』

井戸水だけではなく、まさかの酒への混入。青天《せいてん》の霹靂《へきれき》だ。

これは水分全てを調べた方が良いと、池の水から花瓶の水まで残らず調べた結果、クロエはとあることに気がついた。

（混入されているのは、全部中央棟だわ）

毒が検出された場所を地図に書き込んでいったところ、中央棟に集中していることが分かったのだ。酒蔵に関しても、東棟と離宮にある酒蔵では何も出ず、出たのは中央棟の酒蔵だけ。井戸だけは例外があったが、それも中央棟に隣接している。

クロエは考え込んだ。

（中央棟に何かあるのかしら）

オスカーに尋ねたところ、中央棟は舞踏会場や謁見場、会議室、執務室などがある棟で、地下は厨房や酒蔵、食糧庫などになっているらしい。

「昼間人が多く、夜はほとんど無人になるという特性はあるが、特に変わったものがあるような印象はないな」

クロエは思案に暮れた。

（ということは、夜に何かを混入しているということかしら。でも、夜中であれば寝静まっているわけだから、別に中央棟に集中させなくてもいい気がする）

彼女は、机の上で光る『新・成分分析の魔道具』に問いかけた。

「調べれば調べるほど、謎が深まるんだけど、これって何だと思う？」

そして、彼女が魔道具相手に問答を始めようとした、そのとき。

ノックの音と共にドアが開いて、人に呼ばれて席を外していたオスカーが戻ってきた。

「すまない、待たせたな。戻ろう」

「はい、分かりました」

クロエは、王宮の地図と魔道具と肩掛け鞄にしまいながら、のろのろと立ち上がった。もう少し調べていきたい気もするが、外も暗くなってきた。そろそろ引き際だろう。

オスカーと一緒に執務室を出ると、薄暗くなってきた廊下を並んで歩き始める。

考え事をしながら歩くクロエに、オスカーが声をひそめた。

「さっきセドリックに酒蔵の件を伝えたんだが、かなり驚いていた」

「そうなんですか」

「ああ、気がついていなかったらしい。中央棟の酒は舞踏会用で、普段飲まないそうだ」

「なるほど、飲まなければ気がつきませんよね」

そう答えながら、クロエは黙り込んだ。

本当に気がつかなかったのだろうか。セドリックが飲んだ時には入っていなかったという可能性はないだろうか。

そんなことを考えている間に、空がどんどん暗くなっていく。しばらくして、雨の匂いと共に雨がぽつぽつと降ってきた。

「降ってきましたね」

「そうだな、急いで帰った方が良さそうだな」

考え事は後にしようと足を速め、騎士団本部を出て、急ぎ足で馬車乗り場に向かう。

そして、雨脚が強まるなか、馬車乗り場につながる渡り廊下を急ぎ足で歩いていた、そのとき。

「おや！　副団長様ではないですか！」

雨音にまじって、後ろから中年男性とおぼしき大声が聞こえてきた。

振り向いたオスカーが、わずかに顔を歪める。

なんだろうと、歩みを止めて振り向くと、渡り廊下の奥から、高そうな服を身に纏った恰幅の良い中年男性が歩いてくるのが見えた。

(知り合いかしら)

問うようにオスカーを見上げると、彼は読めない表情で男性を見据えたまま囁《ささや》いた。

「ナロウ王子の現婚約者、プリシラの父親、ライリューゲ子爵だ」

「……っ！」

クロエは思わず目を見開いた。

(これが、あのプリシラって人の父親！)

年齢は五十歳くらいで、ニコニコと愛想よく笑ってはいるが、目の奥は欲深そうにギラギラと輝いている。

彼は、強い雨音が響き渡る誰もいない渡り廊下を歩いてくると、ニコニコしながらオスカーにお辞儀をした。

「副団長様、お久しぶりでございます」

「お久しぶりです、ライリューゲ子爵殿」

オスカーが感情の読めない笑顔で挨拶を返す。

「怪我をされたと伺いましたが」

「ええ、恥ずかしながら。ですが、ゆっくり療養したお陰で、すっかり元に戻りました」

クロエを後ろに隠すようにしながら、オスカーが愛想良く答える。顔は笑っているが、目が全く笑っていない。

子爵は人が良さそうに「そうですか」と笑みを深めると、オスカーの陰に隠れるように立っているクロエをチラリと見た。

慌てて頭を下げるが、関心がなさげに目を逸らされる。

オスカーへの態度との違いに、クロエは内心眉をひそめた。この人あまりいい人じゃない気がするわと考える。

(まあ、あのプリシラさんの父親だものね、良い人なはずがないわよね)

そんなことを思われているとは露知らず、子爵はオスカーに笑顔を向けた。

「実は、今週末に我がサロンにてお茶会を予定しておりまして、他の公爵家の方もいらっしゃる予定です。ぜひオスカー様にもお越しいただきたいと思っているのですが、ご都合はいかがでしょうか？」

「生憎《あいにく》ですが、来客がある予定です」

そっけなく断るオスカーに、子爵が手を広げて大袈裟に残念がった。

「そうですか、それは残念です！　娘もきっとがっかりするでしょうなあ」

笑顔で『娘』という言葉を強調する。そして、胸ポケットから封筒を取り出すと、にこやかに差し出した。

「どうぞ、招待状だけでも」

「いや、必要ない」

オスカーがきっぱりと断るが、子爵は譲らない。

「いらっしゃらなくても結構ですよ。受け取って頂ければ、それで十分ですので」

オスカーに半ば強引に封筒を押し付けると、「それでは」と笑顔で足早に去っていく。

その後ろ姿を、ポカンとしながら見送ったあと、クロエはオスカーを見上げた。

「ずいぶんと強引な人でしたね」

ああ、とオスカーが苦々しげな顔をした。

「聞いた話によると、用もないのに王宮に入り浸っているそうだ。実の娘が第一王子の婚約者ということを差し引いても、目に余るな」

「なんか、娘そっくりですね」

クロエが素直な感想を言うと、オスカーがおかしそうに笑った。

「なるほど、それは知らなかった。そうか、学園ではあんな感じだったのか」

その後、公爵家の馬車の前に到着し、セドリックに呼ばれているというオスカーを残し、馬車に乗り込む。

馬車に乗ったクロエに、オスカーが「頼みがある」と、先ほど子爵から押し付けられた封筒を差し出した。

「これを執事に渡して、今日中に正式な断りを入れるように言ってくれないか」

彼曰く、「オスカー・ソリティドを誘った」など自分の名前を勝手に使う可能性があるため、今日中に断ってしまいたいらしい。

上位貴族って大変ねと思いながら、「分かりました」と封筒を受け取る。

そして、オスカーに見送られながら、馬車は乗り場を出発した。帰りは護衛付きらしく、馬に乗った騎士が二人、馬車の横に並んで走り始める。

クロエは頬杖をつくと、外をながめた。

横殴りの雨が激しく降っており、雨が馬車に当たる音が響いてくる。

ぼんやりと雨に濡れた新緑の街路樹をながめながら、思い出すのは今日あった出来事だ。

朝セドリックに会い、昼にジュースの混入物に気づき、中央棟にある水のほとんどに混入物が入っていることを発見した。しかも、帰りにライリューゲ子爵に会うというおまけつきで、本当に盛りだくさんだった。

(今日は頭が興奮して寝付けないかもしれないわね)

ボーッとそんなことを考えていた、そのとき。

クロエは、ふと膝の上に置いてある封筒が気になった。

（そういえば、さっきの封筒、何が書いてあるのかしら）

封のしていない封筒を開けると、入っていたのは金の縁どりがついた高そうなカード。そこにはこんなことが書いてあった。

『王都中央にある茶店にて、旬の茶葉の飲み比べや、新作家具の展示などを行います。
是非、ご家族、ご友人もお誘いあわせの上、気取らない格好でお越しください。
主催者署名：Tarner《ターナー》 Lieluge《ライリューゲ》』

クロエは眉をひそめた。崩された字で書かれた主催者署名を、ジッと見つめる。

「……ライリューゲって、こう書くのね」

まさかね、と小さくつぶやくと同時に、空が光り、遠くに雷が落ちる音がした。

三．葛藤と決断、そして告白

コンコンコン。

クロエが王宮に行ってから数日後。

心配そうな顔をしたコンスタンスが、クロエの部屋のドアをノックしていた。

「……はあい」

やや間があり、部屋の中から気だるそうな声がして、血色の悪いクロエが顔を出した。

「コンスタンス？　どうしたの？」

「部屋にずっと籠もっているから、心配に――」

そう言いかけて、コンスタンスは、ドアの隙間から漏れ出すにおいに、思わず両手で鼻と口を押さえた。

「すごいお酒のにおいよ！　どうしたの、一体！」

「お酒の成分分析をしていたの」

「お酒って、この前お兄様が王宮から持ち帰ってきたもの？」

「ええ。そうよ。全部開けて分析したら、色々混ざり合って、すごいにおいになっちゃって」

そういえば、窓を開けるのを忘れていたわと、クロエが急いで部屋の窓に駆け寄る。

部屋の中には大きなテーブルが置かれており、上には本や資料、酒瓶などがゴチャッと置かれている。

背伸びして窓を開けているクロエの後ろ姿をながめながら、コンスタンスは思った。

この子、やっぱり元気がないわ、と。

「クロエ、元気がないように見えるけど、大丈夫?」

「大丈夫よ。ちゃんとご飯も食べているし、睡眠だってとっているわ」

「もう!　それは当たり前よ!」

それもそうね、と笑うクロエだが、やはりどことなく元気がない。

(やっぱり、王宮で何かあったのだわ)

王宮に行く前のクロエは、ティールームでお茶をしたり庭を散歩したり、のんびり楽しそうに過ごしていた。

しかし、王宮から戻ってきてから一転。難しい顔で部屋に籠もるようになり、食事の時以外はほとんど出てこなくなった。

（一体どうしたのかしら）

心配するコンスタンスの前で、クロエが疲れたようにあくびをした。

目の下のクマの濃さから察するに、寝ていると言いつつ寝ていないのだろう。

事情を聞こうと思ったこともあるのだが、話題をさりげなく避けられてしまった。

話したくないのか、極秘任務に関わることなのかは分からないが、このままでは心身のバランスを崩してしまう気がする。

（……これは一度、お兄様と相談した方が良いかもしれないわね）

そんなわけで、その日の夕方。

コンスタンスは、帰ってきたばかりのオスカーの部屋に向かった。

「お兄様、ちょっといいかしら」

「どうした？」

部屋着姿のオスカーが、コンスタンスを部屋に招き入れた。

彼女は部屋の中央にあるソファに座ると、おもむろに口を開いた。

「実は、クロエのことで気になっていることがあるの」

「……様子が変わった件か」

「ええ。彼女が部屋で何をしているかご存じですか？」

「調べ物や酒の分析だろう？　持ってきてくれと頼まれているからな。今日も、あれらを持って帰ってきた」

オスカーが指差す方向を見ると、棚の上に五本、高そうな酒瓶が並べられている。

コンスタンスは、ため息をついた。

「大丈夫なの？　少し休んでもらった方が良いのではないかしら？」

部屋に籠もりきりは、体にも心にも悪いのではないだろうか、一旦中止して休んだ方が良いのではないだろうか。

そんな心配をするコンスタンスに、オスカーが首を横に振った。

「確かに籠もりきりは体に良くない。だが、これは彼女にとって必要なことなのだと、俺は思っている」

「必要、ですか」

「彼女は整理がつかないことがあると、何かに没頭するところがある。気が済むまで没頭して、自分の中である程度答えが出たら、きっと話をしてくれる」

「……そうかもしれませんわね」

「そうなった時に話しやすい環境を作れば、きっと大丈夫だ」

　まあ、それまでは少し心配な状態が続くだろうがな、とオスカーが微笑む。

　コンスタンスは心の底から感心した。実によく見ているし、クロエという人間を理解している。

（これは何も言わず温かく見守るべきね）

　二人の関係がずっと気になっていたし、色々聞きたくて仕方なかった。でも、こんなの見せられたら、もう黙って見守るしかない。

　彼女は微笑んだ。

「さすがですわ、お兄様。クロエに、ほぼ毎日夕食を作っていただけのことはありますわね」

「……」

「クロエが食事のときに嬉しそうに話してくれましたわ。お兄様の料理はどれも美味しいけれど、オムライスは特に絶品だと」

　お兄様、オムライスなんて作れましたのね、と、ニコニコするコンスタンスに、オスカーが気まずそうに目を伏せる。

　そして、その数日後。

少しすっきりした顔で部屋から出てきたクロエを、オスカーが、「お菓子を買ってきたから、一緒に庭で食べないか」とさりげなく誘い、二人は庭の東屋《あずまや》でお茶をすることになった。

コンスタンスが密かに「お兄様、やるわね」と思ったのは、言うまでもない。

◇◇◇

爽やかな風が吹く、空が青く美しい午後。

クロエは、オスカーと共に庭にある東屋に向かって歩いていた。

(本当に広くて立派な庭だわ)

手入れが行き届いた生垣に、色とりどりの花が植えられた花壇、庭の中央では大きな噴水が涼しげに水音を立てている。

噴水を見て思い出すのは、サイファの街のこと。

(みんな元気かな、薬は大丈夫かしら)

そんなことを考えながら、庭を通り抜け、緑の木々に囲まれた小さな東屋に入る。

テーブルの上には、すでに茶器が用意されていた。

オスカーはクロエに座るように促すと、慣れた手つきでお茶を淹れ始めた。

その間に、クロエが持ってきた袋から、色とりどりのマカロンをお皿に出す。

二人は向かい合って座ると、お茶とお菓子を楽しみ始めた。

（ああ、至福……）

目をつぶって堪能する彼女を見て、オスカーがくすりと笑った。

「マカロンが好きだとは思っていたが、まさかそこまで感動されるとは思わなかった」

「このマカロン、相当美味しいと思います」

「最近王都で話題の店のものだ。甘すぎない味が男性にも好評だそうだ」

色々な味のマカロンをちびちびと食べながら、クロエは庭をながめた。

（最近ほとんど外に出ていなかったから、気持ちがいいわ）

この数日、クロエは未だかつてないほど分析と調べ物に没頭していた。

上の空でご飯を食べ、寝ている間は夢の中で分析を行い、起きてすぐに本を調べる。

そして、今日、ようやくその分析がひと段落し、「外でも散歩しようかしら」と思っていたら、オスカーがちょうど誘ってくれた、という次第だ。

クロエは、マカロンを頬張りながら空を見上げた。

（そういえば、陽の光に当たったのも久々よね）

カーテンを閉め切った部屋も良いが、やはり外で陽の光を浴びて、自然風に吹かれると元気が出る気がする。

そんなことを考えていると、オスカーが軽く息をつくと、ゆっくりと口を開いた。

「今日は楽しい話だけしたいと思っていたのだが、少し重い話をしなければならない」

「はい、なんでしょう」と、クロエが姿勢を正す。

オスカーから「これだ」と差し出されたのは、一通の封筒。すでに開けられた跡がある。

「昨日、君の兄のテオドール氏から届けられたものだ。まず君の実家に届いて、その後にテオドール氏のところに送られてきたらしい」

「中身をご存じですか？」

「見てはいないが、テオドール氏から、ナロウ王子とプリシラ嬢の『婚約披露パーティ』の招待状と聞いている」

「そうですか」とため息をつくクロエに、オスカーが意外そうな顔をした。

「驚かないのか？」

「……そうですね。何となく呼び出される気がしていたので。これって出席する必要があるんですか？」

「王族からの慶事の招待状だ。やむを得ない理由がない限り、出席した方がいいだろうな」

「そうなのですね」と黙り込むクロエに、オスカーが心配の色を浮かべた。

「顔色が良くない、もしかして体調が悪いのか？」

「……いえ、体調は大丈夫なんですけど……」

クロエは、誤魔化すように紅茶に口をつけると、ため息をついた。

酒蔵にある酒類を分析して、彼女は、とある結論を出していた。

『この件に関しては、魔道具が関係している』

理由は、開封されていない酒瓶の全てに、同じ異物の混入が確認できたからだ。瓶を開けずに物質を混入するなど、魔道具を使用しなければ不可能だ。

（水に影響を与えるということは、それが人体に影響を与える魔道具の可能性が高いということよね）

要人が集まる王宮でそんな魔道具が使われているのだ。良くないことが起こるのは目に見えている。

（それを食い止めるためには、魔道具を捜して止める必要があるけど、果たしてわたしはそれをするべきなのかしら……）

王宮内を色々見て回ったが、魔道具らしいものはなかった。

捜すとなると更に詳細に見る必要があり、それをするためには「何を捜すのか」「なぜ捜すのか」を説明する必要が出てくる。

そうなると、殺戮《さつりく》の魔道具の件も含めて、前世の話をすることは避けられないだろうが……。

（この時代にはない、人を傷つけるための魔道具が存在したなんて人に知れたら、絶対に良い結果にはならないわよね）

今は戦争がほとんどない平和な時代だ。武器といえば剣で、殺傷能力も低い。

しかし、前世の魔道具のことが広がれば、その姿は変わってしまうかもしれない。

前世の時代のように兵器の開発合戦が起こり、魔道具兵器を作って領土を奪い合う世の中になってしまうかもしれない。

そんなことになったら、お天道様の下を歩けないどころか、罪悪感で死んでしまいそうな気がする。

かといって、家族や友人、お世話になった人たちが住むこの国を見殺しにしたら、これもまた『お天道様の下を歩けなくなることはしない』に反する。

（……わたしは、どうすればいいのかしら）

クロエは、途方に暮れて黙り込んだ。

オスカーが、そんな彼女を心配そうに見つめた。

「クロエは、何か困っているか？」

「……」

「何か、特別な事情があるのか？」

クロエが、コクリとうなずく。

オスカーが「なるほど」とつぶやく。そして、少し黙った後、ゆっくりと口を開いた。

「俺は、何があっても君の味方だ。君にとって悪いことは絶対にしない」

真剣なまなざしがクロエを射貫く。

「だから、もしも君が背負っているものがあるのであれば、俺を信じて話してみてくれないか。俺は君を助けたい」

彼の真摯な言葉に、クロエの脳裏に今までのことが蘇《よみがえ》った。

ルイーネ王国に亡命したいという自分の意志を尊重してくれたこと。

乱れた生活をさりげなく正してくれたこと。

風邪だと聞いて飛んできてくれ、献身的に看病をしてくれたこと。

そして、黒ローブの男たちに攫《さら》われそうなところを救ってくれたこと。


オスカーはいつも優しくて誠実だった。これ以上信頼できる人はいない。

クロエは真剣な目で彼を見上げた。

「わたしを信じてくれますか?」

オスカーは、真面目な顔でうなずいた。

「当然だ」

「嘘みたいな話をするかもしれませんよ」

「それでもだ、俺が君のことを疑うなんてあり得ない」

その真っすぐな言葉に、俯くクロエ。そして、逡巡の末、彼女は覚悟を決めて顔を上げた。

「……少し長くなりますが、聞いてもらえますか」

オスカーが力強くうなずいた。

「ああ、もちろんだ」

◇◇◇

クロエの話の前に、二人は小休止を取ることにした。

オスカーが、「新しいお茶とお菓子を頼んでくる」と公爵邸に戻っていく。

東屋に座って、柔らかい風が木々の緑を揺らすのをながめながら、クロエは息を大きく吐いた。

(話そうと決めたのはいいけど、一体どこから話せばいいのかしら)

まず話すべきは、自分の前世のことだろうが……。

(どうやって話せばいいのかしら)

クロエは、今まで一度も前世の記憶があることを人に言ったことがない。

前世の記憶があまり良くないものだったり、知識を悪用されるのを恐れたりというのもあるが、一番大きいのは「信じてもらえない」と思ったからだ。それどころか、馬鹿にされたり気持ち悪がられたりする可能性もある。

(まあ、普通は前世なんて信じないわよね)

問題は、それをオスカーにどうやって信じてもらうかだ。

頭を悩ませるクロエの元に、メイドがお茶とお菓子を運んできてくれる。

そして、彼女が「失礼します」と立ち去った後、オスカーが戻ってきた。

「すまない、引き留められていた」

「いえ、大丈夫です」

そう言いながら、クロエは正面に座ったオスカーを、チラリと見た。

珍しくやや緊張した顔をしており、クロエが話すのを待っている様子が窺える。

(とりあえず話をしてみて、その後のことはそれから考えよう)

こうなったら出たとこ勝負だと、クロエは淡々と話し始めた。

「先ほどの話の続きなんですが」

「ああ」

「実は、わたし、前世の記憶があるんです」

「…………なるほど？」

オスカーが何とも言えない表情で相槌を打つ。

とりあえず一気に言ってしまおうと、クロエは早口で続けた。

「前世はリエルガ帝国っていう国に住んでいまして、そこで筆頭魔道具師として働いていました」

「……ほう」

「リエルガ帝国っていうのは千年以上前に火山噴火で滅びた国で、今よりもずっと魔道具が発展している文明国だったんです」

「……ふむ」

クロエの早口でまとまりのない話を聞きながら、オスカーが眉間にしわを寄せて、真剣に考え込む。

そして、やや黙り込んだ後、彼はゆっくりと口を開いた。

「もしかして、クロエが古代魔道具に詳しいのは、それが理由か？」

「っ！　そうです。わたしの時代の魔道具なので詳しいんです」

さすがはオスカー様、理解が早いわと感心する目の前で、オスカーが、なるほど、という風に腕を組む。

（……でも、話を理解するのと信じるのは、また別よね）

果たして信じてくれるだろうかと思いながら、クロエは再び口を開いた。

「それで、そのリエルガ帝国っていうのは戦争大好き国家だったんです。しょっちゅう他国に戦争を仕掛けて、領土を奪ったり植民地支配をしていたりして。そんな帝国の軍事力を支えていたのが、――わたしたちの作った魔道具でした」

クロエは、膝の上でギュッと両手を握った。

自分の過去の過ちを初めて人に話したという緊張と不安で、手足が氷のように冷たくなっていく。

俯く彼女の手の上に、隣に移動してきたオスカーが、そっと自分の手を重ねる。

その手の温かさに励まされ、クロエは絞り出すようにつぶやいた。

「……似ているんです。前世にあった魔道具に」

前世には、魔力を飛ばす魔道具が存在していた。

そういった魔道具には特徴があり、水分に微量の魔力が残ってしまうのだ。

「今回、封をされたお酒から微量の物質が見つかりました。人が封を開けずに何かを入れるのは不可能です」

オスカーが考え込むように目を伏せた。

「つまり、君は、魔力を飛ばす魔道具が使われていると思っているのだな」

「はい、その通りです」

うなずきながら、クロエは内心苦笑いした。我ながら意味不明なことを言っているなと考える。

（前世の記憶があって、その記憶の中にある魔道具に似たものが今回の原因だなんて、普通に聞いたら与太話にしか聞こえないわよね）

オスカーが、難しい顔をして黙り込む。

そんな彼をながめながら、信じられないのは当然よね。もしかして、話さない方が良かったのかもしれないと、どこか諦めながら考えていた、そのとき。

オスカーが「大体理解した」と大きくうなずいた。

「つまり、王宮の中央棟を捜して魔道具を見つければ良い、ということだな」

「……え？」

クロエは、思わず目を見開いた。

（もしかして、信じてくれたの？）

驚いた顔をする彼女を、オスカーが不思議そうな顔で見た。

「違うのか？　そう聞こえたのだが」

「……いえ、違わないです。合っています。そうじゃなくて、その……」

クロエは俯いたあと、思い切ったように顔を上げた。

「自分で言うのもなんですけど、嘘みたいな話なので、こんなにあっさり信じてくれるとは思ってなくて」

オスカーが微笑んだ。

「信じないはずがないだろう。君が今まで一回でも俺に嘘をついたことがあるか？」

「……ないです」

「俺は、君はとても正直で誠実な人間だと思っている。そんな人間が嘘をつくはずがない」

「……」

黙って視線を落とすクロエに、オスカーがくすりと笑った。

「それに、そういった前世があると分かれば、君の色々とぶっ飛んでいるところの説明がつくしな」

「……わたし、変わってはいますけど、ぶっ飛んではいません」

頬を膨らませて抗議すると、オスカーがクスクスと笑う。そして、真面目な顔になると、クロエの手を気遣うように、そっと取った。

「俺には前世の記憶がないから想像しかできないが……、記憶があるが故に辛いことも多かったのではないか」

その寄り添ってくれる言葉に、クロエの目に涙がにじんだ。心の中から何かが溢れ出る感覚がして、気がつけば、彼女は堰《せき》を切ったように話し始めていた。

「わたし、前世ですごく後悔したんです。言われるがまま殺戮兵器をたくさん作って、魔道具《子どもたち》に人をいっぱい殺《あや》めさせて、その結果、多くの人が亡くなって、それはわたしが殺したのも同然で……」

俯き震えるクロエの肩を、オスカーがそっと抱き寄せた。

優しく頭を撫でられ、クロエは目頭を押さえながら、彼の大きな体に身を預ける。

たくましい腕に抱きしめられながら、彼女は思った。こんなに心安らかな気持ちになったのは、生まれ変わって初めてかもしれない、と。

二人はしばらくそうやって過ごした後、日が傾くまで、これからのことについて話し合った。

四．婚約披露パーティ

婚約披露パーティまでの一か月、クロエは目が回るような忙しい日々を過ごした。

コンスタンスには、今回の件に巻き込み過ぎないようにと、クロエが披露パーティに出席するということのみを知らせたのだが、

「クロエが行くのなら、わたくしも行くわ！」

と、欠席する予定だったところを、一緒に参加してくれることになった。

エスコート役は、クロエはオスカーで、コンスタンスは驚きのセドリック殿下。コンスタンスが行くことを知って、名乗りを上げてきてくれたらしい。

ちなみに、セドリックには、前世の話を伏せて「封がされた酒瓶に異物混入されており、魔道具が関わっている可能性が高い」とだけ話した。

なぜそう思ったのかという理由について、疑問があるような顔をされたが、オスカーが上手くとりなしてくれ、深く聞かれることはなかった。

その後、セドリックは騎士を使って、怪しい魔道具がないかと中央棟を隅々まで捜したが、よほど上手い場所に隠されているのか、それを見つけることはできなかった。

（やはり魔道具を使うところを押さえないと難しいわね）

オスカーやセドリックと、どうやって現場を押さえるかについて相談する傍ら、クロエは婚約披露パーティの出席に向けた準備に追われた。

コンスタンスは、ドレスやマナーについて、一歩も譲らなかった。

「期間がないから、ドレスは既製品をアレンジしたものにしましょう。マナーは立ち振る舞いに関する最低限のものを練習ね」

この言葉を聞いて、クロエは遠い目をした。一番苦手な分野だ。

一応、「今回だけなんだから、適当でもいいじゃない」と抵抗してみたのだが、コンスタンス曰く、美しさは女の武器だから、手を抜くことは許されないらしい。

お世話になっている友人の言うことには逆らえず、クロエはブツブツ言いながら、ドレスを何着も試着したり、歩き方や立食パーティに関するマナーの練習をしたりする羽目になった。

ちなみに、ドレスに関しては自分では決められず、最後はコンスタンスに決めてもらった。装飾品についてはオスカーが贈ってくれるらしい。

そして、迎えた『婚約披露パーティ』当日の、天気の良い朝。

　メイドたちが忙しく動き回っている広々とした化粧部屋にて、白いシャワーローブを着たクロエが、長椅子の上にぐったりと倒れていた。

「もう無理だわ……。昨日の朝から何回もお風呂に入ったり、揉《も》まれたり、叩かれたり。もうぐったりよ」

　クロエと同じくローブを羽織ったコンスタンスが、呆れたように腰に手を当てた。

「ほら、がんばりなさい、あなたも子爵家の令嬢でしょ！」

「田舎のパーティなんて、ちょっと顔洗って着替えれば終わりだもの。前日から磨き上げるなんてことはしないわ」

「何を言っているのよ！　女の美しさは武器なのよ！　それに、ほら、鏡を見てご覧なさい。ピカピカよ」

　クロエは、面倒くさそうに鏡を見ると、艶々ピカピカの肌や髪の毛を見て、ため息をついた。

「絶対に油を塗った方が効率的だわ」

「ダメよ。油なんて塗ったらにおうじゃない」

「……確かに」

「ほら、納得したら、シャキッとしなさい！　お化粧するわよ！」

メイドたちに、くすくす笑われながら、化粧をしてもらう。

皮膚呼吸の大切さについて熱弁をふるうが、「半日くらい塞いでも人は死なないから大丈夫よ」と論破されて、渋々黙る。

そして、顔の毛穴を埋めること二時間。

クロエは、アイボリーのふんわりとしたドレスを身に纏った可愛らしい令嬢に変身していた。

茶色の髪の毛は丁寧に編み込まれ、ところどころに青い花が挿してあり、首元と耳にはオスカーの瞳の色と同じ、美しい青色の宝石が光っている。

メイドたちが、ふう、と満足げに汗をぬぐった。

緑色の大人っぽいマーメイドドレスを着たコンスタンスが、感心したような表情で鏡越しにクロエを見た。

「昔から思っていたのよ、あなたは磨けば光るって」

クロエは、鏡をまじまじと見ながら、感嘆の声を上げた。

「確かにすごいわね、お化粧って魔道具並みの効果があるのね」

「それ、クロエ的には最高の賛辞ね」と、コンスタンスが笑う。「じゃあ、行きましょう。お兄様たちが待ちくたびれているわ」

二人は部屋を出ると、廊下を歩いて階段に向かった。

「やっぱり歩きにくいわ」と抗議すると、「美しさと動きやすさは反比例するものよ」と諭される。

そして、階段を下りていくと、エントランスに白い騎士服姿のオスカーとセドリックが立っているのが見えた。

「……！」

クロエは思わず目を見張った。

（二人とも、まるでお伽噺《とぎばなし》の王子様みたい）

明るく笑う爽やかな二枚目、赤髪緑瞳のセドリックと、クールで端正な美青年、銀髪青眼のオスカー。二人とも白い騎士服がこれ以上ないほど似合っている。

エントランスにいるメイドたちの目は完全にハートで、中には感動のあまり涙ぐんでいる者さえいる。

女性だけじゃなくて男性も磨くと光るのね、と感心しながらコンスタンスと一緒にエントランスに下り立つと、男性二人がこちらを向いた。

オスカーがクロエを見て、驚いたように目を見張る。

セドリックは、にこやかに挨拶すると、コンスタンスに近づいて、優雅にその手をとって口づけた。

「とてもお美しいですよ、コンスタンス」

コンスタンスが頬を染めながら美しく微笑んだ。

「セドリック様も素敵ですわ」

このやり取りを見て、メイドたちが思わずといった風に、キャーと悲鳴を上げて、執事にエントランスから追い出される。

そんな中、微笑みを交わし、腕を組んで外に出ていくコンスタンスとセドリック。

その後ろ姿をクロエは感心して見送った。

（なんだか絵本に出てきそう）

そして、いつの間にか横に立っていたオスカーを見上げた。

「絵みたいに綺麗な二人ですね」

「そうか？　君の方がずっと綺麗だと思うぞ」

「わたし、ですか？」とクロエがきょとんとした顔をすると、オスカーが真面目な顔でうなずいた。

「ああ。ドレスも宝飾品もとても似合っている。普段のクロエは可愛らしいが、着飾ったクロエはとても綺麗だ」

まるで天使のようだと言う彼に、「オスカー様の方が天使っぽいです」と、クロエが真顔で褒める。

オスカーは、まさかそう返されるとは思わなかったと言いたげに笑うと、その青色の瞳に心配の色を浮かべた。

「大丈夫か、緊張していないか？」

「していましたけど、化粧やら着替えが大変過ぎて、そういうのが一気に吹き飛びました」

クロエの疲労した様子に、オスカーが思わずといった風に吹き出す。そして、クロエの手をとって優しく口づけると、その手を自分の腕に絡めさせて微笑んだ。

「では、美しいお嬢様、行きましょう」

◇◇◇

公爵家を出た馬車は、王宮に向かって走り始めた。

見上げると、朝の晴天から一転、黒い雲がどんどん増えてきている。

（一雨ありそうね）

外をながめるクロエを見ながら、オスカーが口を開いた。

「この一週間、中央棟に運び込まれたものを全てチェックしているが、怪しいものはなかったそうだ。今日も早朝から棟全体を確認している」

「そうですか。何か見つかればいいのですが」

そんな会話を交わしながら、王宮に到着する。

王宮内を走り抜けて中央棟のエントランスに到着すると、そこには複数の馬車が停まっていた。

「思ったよりも馬車が少ないですね」

「身分によって登城時間をずらしているからな」

オスカー曰く、公爵家と来賓は最後らしい。

クロエは馬車から降りると、コンスタンスたちと共に中央棟内に入った。オスカーにエスコートされながら舞踏会場に足を踏み入れる。

（なんて豪勢なのかしら）

見上げるような天井に、大理石の床と大階段。壁は真っ白で、豪華な調度品と美しい花がところ狭しと飾られている。

会場にはすでにたくさんの人々がおり、おしゃべりに花を咲かせていた。

派手な扇を持った偉そうな女性が、声をひそめた。

「本日はずいぶんと豪華ですわねえ」

「ナロウ殿下も取り繕おうと必死なのでしょう」

「あのプリシラとかいう、どこの馬の骨とも分からない女が王妃候補などあり得んだろう」

「わたくしには、あの二人が王座につくことが正しいとは思えませんわ」

聞こえてくるのは、ナロウ王子とプリシラの批判ばかりで、特にプリシラに関しては、身分をわきまえない浅ましい女と酷評されている。

そんなおしゃべりを聞きながら、クロエは中央のテーブルに載っている料理をながめた。

「豪華ですね」

「料理は見栄えも大切だからな」

ウエイターが持ってきてくれた酒精なしのドリンクを飲みながら周囲を見回すと、セドリックとコンスタンスが、人々に囲まれて楽しそうに話しているのが見えた。

「コンスタンス、大丈夫そうですね」

「ああ、セドリックなら兄としても安心だ」

その後、クロエは、オスカーと他の貴族がしゃべるのを横で聞きながら料理をつまんだり、色々な種類の飲み物を試したり、それなりに場を満喫する。

そして、会場に入って一時間ほど経過したころ。

追加の料理を取っているクロエの耳に、先ほどプリシラを酷評していた派手な扇を持った女性たちの、ヒソヒソ話が聞こえてきた。

「本日は急遽、他国の重鎮が何人か参加したらしいですわよ」

「このパーティが重要だと思っているということだな」

「ナロウ殿下、よく考えたら、結構立派な人間なんじゃないか」

「そうかもしれませんわね。プリシラ様も可愛らしい気がしてきましたわ」

「次期国王夫妻は、あの方々が良いのかもしれませんな」

クロエは苦笑いした。

(たった一時間で、ずいぶんと意見が変わるものね)

周囲も、先ほどの王子たちの婚約に批判的な空気から一変、賛同し祝福するような空気になっている。

(……これは厄介なことになりそうね)

クロエがそんなことを考えていた、そのとき。

パパパパーン！　というラッパの音が聞こえてきた。

横に立っていたオスカーが、「きたぞ」とつぶやく。

クロエが音の方向を見上げると、広い階段の踊り場に、ピンク色の礼服を着たナロウ王子と、白いふわふわのドレスに身を包んだピンク頭のプリシラが立っていた。

観衆から、わあっという好意的な歓声が上がる。

宰相である眼鏡をかけた初老の男性が、声を張り上げた。

「これより、ナロウ第一王子とプリシラ侯爵令嬢の婚約披露会を開催する！　ナロウ殿下は現在十九歳、幼少の頃より……」

二人の簡単な紹介をすると、宰相が場を譲る。

代わりに中心に立ったナロウ王子が、得々とした表情で声を張り上げた。

「よく来てくれた！　今日の日を迎えられて嬉しく思う！　これより婚約披露パーティを開催するわけだが、それにあたり、まず言わなければならないのは……」

王子が、不遜に顎を上げながら話し始めた。

クロエが、結構長々としゃべるのね、と思いながら周囲を見回すと、ウエイターが、やや緑色がかった飲み物の入った細いグラスを全員に配っているのが見える。

そして、グラスがいきわたった合図がされると、ナロウ王子が機嫌よくグラスを掲げた。

「本日は、隣国ルイーネ王国の冒険者ギルドよりいただいた美酒にて乾杯する、乾杯！」

「「乾杯！」」

ナロウ王子に続き、人々が一斉にグラスを傾けた。

「すっきりとした飲み口ですわね」

「少し癖はあるが、病みつきになりそうだ」

「もっとないのか」

「何という銘柄なのかしら。ぜひ取り寄せたいわ」

などの声が上がった。どうやらかなり好評らしく、おかわりを求めて並ぶ者もいる。

その後、人々は再び歓談に戻り、順番がくると、一段高い席に座った王子とプリシラに挨拶をしにいく。

（いよいよね）

緊張するクロエを、オスカーが守るようにそっと抱き寄せる。

そして、他国の重鎮の挨拶が終わり、何人かが挨拶したあと、オスカーとクロエが、二人の前に立ってお辞儀をした。

　プリシラの後ろに立っていたミカエルが、憎々しげな表情でクロエを鋭く睨むと、ナロウ王子に何かを耳打ちする。

　王子は目をカッと見開くと、俯いているクロエを睨みつけながら、立ち上がって大声で叫んだ。

「見つけたぞ！　クロエ・マドネス！　お前を国王陛下に対する暗殺未遂で拘束する！」

　プリシラが「まあ」と口元に両手を当てながら、その奥で、ニヤニヤと笑う。

　会場が、シンと静まり返った。

◇◇◇

　王子の叫び声を聞きながら、クロエは驚愕《きょうがく》した。

（……これはまさかの展開だわ）

　何か騒ぎが起こるだろうとは予想していた。でも、まさかそれが公衆の面前での断罪とは思わなかった。

俯いたまま黙り込むクロエを、王子とプリシラが勝ち誇った顔で見下す。

オスカーが、冷静な瞳で王子を見据えた。

「何を根拠にそのようなことをおっしゃっているのでしょうか。殿下、失礼ですが、また一年前と同じことをされるおつもりですか？」

「ふん、一年前は私の脇が甘くて言い逃れされたが、今回はそうはいかん！　おい！　そこの騎士ども！　この女を連れていけ！」

王子の指示を受けた騎士二人が、戸惑ったように顔を見合わせる。

オスカーが二人に「動かなくていい」と合図すると、そばに立っていたセドリックが笑いながら口を開いた。

「ナロウ、このような場で騒ぎを起こすのは感心できることじゃないね。それに、これは明らかに今話すべき内容じゃないだろう。場を移したらどうだ」

「叔父上は甘過ぎます！　今を逃せば、この女に逃げられるのは明白！　今すぐ捕らえるべきです！」

そして、俯いているクロエを指差して叫んだ。

「貴様が己の知識を悪用し、国王陛下を亡き者にしようとしたことは分かっている！　加えて、一年前に、我が妃プリシラをでたらめで陥れた！　王族を欺いた罪は重い！」

「ナロウ様の言っていることは本当です！　クロエさんは、嘘で私を陥れました！」

プリシラが、潤んだ目で祈るように手を組んで叫ぶ。

「私も騙《だま》された一人だ、あれは未来の王妃に不敬が過ぎる行為だった！」

王子とプリシラの後ろに立っていたミカエルも、親の仇《かたき》でも見るような目でクロエを睨みつける。

(言っていることが無茶苦茶だわ)

眉間にしわを寄せるクロエの背後で、貴族たちが、やや虚《うつ》ろな目でヒソヒソとしゃべり始めた。

「ナロウ王子があぁ言うってことは、あの女が国王陛下の病気の原因なのね！」

「なんて恐ろしい！　即刻排除すべきだ！」

「そうだ、その通りだ！」

会場の空気が、徐々にクロエに対して攻撃的なものに変わっていく。

そんな空気の変化を楽しむように、プリシラがあざけるような目でクロエを見下しながら、扇の奥で口を歪めて嘲笑《あざわら》う。

なんて意地悪そうなのかしら、と思いながら、クロエは王子に対して淡々と言い放った。

「わたしは、そのようなことをしておりません。証拠もなく勝手なことを言うのは止《や》めて頂けますか」

「ふん、証拠なら揃っている！　入れ！」

ナロウ王子が偉そうに顎を上げると、手を叩いた。

それを合図に、どこからともなく現れる三人の人物。

王子が、群衆に向かって大声を出した。

「静粛に！　これからこの三人に証言させる！」

観客が黙ると、目が虚ろな中年男性が、声を張り上げた。

「私は、行方不明になっていた魔道具師、ヘンリー・バーラムです！　半年前、このクロエ・マドネスに攫われ監禁され、陛下を亡き者にするために力を貸さないと殺すと脅されて、人を殺めるための魔道具を作らされました！」

会場がざわめいた。

「もしかして、行方不明になった魔道具師の一人じゃないか」と誰かが言う。

そんな中、今度はメイド服を着た中年女性が、震える声で叫んだ。

「怖くてずっと言えなかったのですが、私はこの女が、陛下の部屋にいるのを何度も見ました！」

白衣を着た初老の男が、重々しく口を開いた。

「陛下の病の原因が、その女が彼に作らせた魔道具によるものだと、主治医の私が証言致します。その女が部屋に現れてから、陛下の容体が一気に悪化致しました」

三人の証言を受けて、会場が蜂の巣をつついたような騒ぎになった。

誰かが「クロエ・マドネスを捕らえろ！」と叫び、それに同意する声が次々と上がる。

オスカーの背に庇われながら、クロエは、騒ぎ立てる群衆と証言した三人を痛々しそうな目でながめた。もう終わらせなければ、と深呼吸すると、すっと右手を上げる。

「ちょっとよろしいでしょうか」

「ならん！　罪人の言うことなど聞かん！」

間髪容れずに叫ぶナロウ王子の声に、群衆が再び静まり返る。

セドリックが、王子に冷たい目を向けた。

「ナロウ、君は何様のつもりだい？　王族の権利と義務について、何か勘違いしているのではないか」

一瞬怯《ひる》むものの、王子は唾を飛ばしながら叫んだ。

「しかし！　ここまで罪が明白なのですよ！　何を弁解するというのですか！」

「それは君が決めることじゃない。クロエ嬢が決めることだ」

「……っ！　しかし！　この女の死刑は確定だ！」

王族から出た「死刑」という言葉に、会場の何人かが思わず息を呑む。

オスカーが、ため息をついた。

「殿下。あなたはここにいる貴族や他国の重鎮たちに対して、我が国の刑罰は、裁判ではなくあなた――つまり王族の独断で決まると示すおつもりですか」

セドリックが、まさか、とでも言うように肩をすくめた。

「いやいや、いくらナロウでもそんなことはしないよ。そんなことをするのは単なる愚か者だからね」

「……くっ！」

ナロウ王子が悔しそうに口を閉じる。

その隙にと、オスカーがクロエを促した。

「さあ、クロエ、君は何を言う気だ？」

クロエは顔を上げると、きっぱりと言った。

「訂正させていただきたい事項がございます」

「ほう、なんだい？」

クロエは、ナロウ王子とプリシラ、そのずっと後ろで腹黒そうな笑みを浮かべている、目をギラギラさせた中年男性――ライリューゲ子爵を見ながら言った。

「今のお話、全部です」

会場がどよめいた。

血走った目をした何人かが、

「あの娘、ナロウ様に向かってなんて失礼な！」

「即刻黙らせるべきではないか」

と大声で言い出すが、オスカーの鋭い眼光に押されて口を閉じる。

(オスカー様とセドリック様がいなかったら押し切られていたわね)

そう思いながら、クロエが魔道具師の男性の方を向いて声を張り上げた。

「先ほど、殺人の魔道具を作らされたと言っていましたが、どのような魔道具を作らされたのですか？」

「さ、殺人の魔道具だ！」

静かになった会場に、魔道具師の男性の叫び声が響き渡る。

「だから、どういった作用の魔道具ですか？　原理は？　使用した媒体は？」

「そ、それは……」

矢継ぎ早の専門的な質問に、魔道具師の男性が、目を白黒させながら黙り込む。

クロエは首をかしげた。

「おかしいですね、ご自分で作った魔道具の原理が説明できないのですか？　しかも、現物はどこにあるんですか？」

男性が、混乱したように口をパクパクさせる。

この様子を見ていてた貴族の一人がつぶやいた。

「……妙だな。確かに現物がない」

「自分が作ったものを説明できないのもおかしな話ですわね」

そういった言葉を聞いて、男性が頭を抱えてしゃがみ込む。

その姿をやりきれなさそうに見ると、クロエが再び口を開いた。

「それと、わたしは一年前から先月まで、ルイーネ王国のサイファという街で薬屋として働いていました。王国にいないわたしには、誘拐することも陛下の部屋に行くことも不可能です」

「そんなの、いくらでも嘘をつけるじゃないか！」

ナロウ王子の言葉に、「その通りです」とミカエルがクロエを睨みつける。

すると、「ほっほっほ」という笑い声と共に、群衆の中から立派な服を着た白髭の老人が出てきた。

「それに関しては、わしが証人になろうかのう」

会場から、「あれはルイーネ王国の冒険者ギルドのブラッドリー会長だ」という声が上がる。

彼はクロエに目配せすると、重々しく口を開いた。

「サイファの冒険者ギルドが、薬師ココとして彼女を雇っていたことと、彼女がほぼ毎日店を開けていたことを、わしが証言しよう。加えて、月一回はわしが自ら仕事を依頼するために彼女に会いに行っておったし、彼女がサイファから出ていないことを証明する者は百人以上おる」

そして、口をパクパクさせているナロウ王子に向かって、ニヤリと笑った。

「まさか、このわしよりも、そこにいる医者やメイドの方が信用できるなどと言いますまいな？」

「そ、それは……！」

ナロウ王子が真っ赤になって後ずさる。

会場内が騒然となった。

「会長が言うなら信じないわけにはいかないな」

「ということは、クロエ・マドネスは犯人じゃないわね」

「ナロウ王子は一体何を言いだしたんだ？」

そんな批判的な声が噴出する。

クロエはブラッドリーに感謝の視線を送ると、冷静に口を開いた。

「会長の言う通り、わたしが魔道具師の皆さんを誘拐したり、国王陛下の寝室に行ったりするのは物理的に不可能です。加えて、もう一人証言して下さる方がいらっしゃいます」

セドリックの合図で、大階段の踊り場にある扉が開かれる。

上を見上げた人々は、一様に口をポカンと開けた。

そこに立っていたのは、がっしりとした体つきの厳しい顔をした中年の男性。この国の国王である、ブライト十三世だった。

「こ、国王陛下！」

「ご病気ではなかったのか⁉」

そんな驚きの声など物ともせず、国王が、しっかりした足取りで階段を下りる。さあっと分かれた人混みの間を抜けると、震える主治医を睨みつけた。

「私が体調を崩し始めたのは、主治医の投薬によるものだ。それを治してくれたのは、クロエ・マドネスだ！」

国王の「取り押さえろ」という言葉で、控えていた騎士たちが、「確かにクロエ・マドネスが！」とわめく主治医を取り押さえる。

その様子をながめながら、クロエは「そうそう」と、呆気に取られている群衆に向かって、声を張り上げた。

「皆さん、この会場に入ってから、やけにボーッとするなあ、と思いませんでしたか？」

会場内がざわざわする。

「そういえば」

「なんだか暑いと思いましたわね」

という声が聞こえてくる。

「実は、この会場には人間の思考を奪って、間違った意識を刷り込むような仕掛けが施してありました。それを解くための中和剤をさっき乾杯で飲んでいただいたので、そろそろ効いてくるはずなのですが、なにか気がつきませんか？　ここで起こったことを、おかしいと思い始めていませんか？」

貴族たちが、目が覚めたような表情で、互いに顔を見合わせた。

「……確かに頭がすっきりしたな」

「先ほどはナロウ王子が正しいと思っていたが、今はおかしいと思い始めている」

「こんな茶番を、なぜ正しいと思い込んでいたのかしら」

「そういえば、先ほどまで、みんな目が虚ろだった気がするわ」

などと頭を押さえながら、ヒソヒソと話し合い始める。

クロエは真っ青になっているナロウ王子とミカエルを憐憫《れんびん》の目で見た。

「あなたたちは自分のやったことが、本当に正しいと言い切れますか？　プリシラさんが言うことが全面的に正しくて、彼女はあなたたちが尽くす価値のある人間だと、今も断言できますか？」

「そんなこと！」と、ナロウ王子が叫ぶ。そして、横にいる目を潤ませたプリシラを見て、ひゅっと息を呑んだ。

ミカエルも、同じように目を見開いて黙り込む。

プリシラが信じられないという顔で、ナロウ王子に訴えた。

「ナロウ様、わたしのこと好きって言ってくれましたよね？　わたしたち婚約していますよね？　王妃にしてくれるって言いましたよね？」

王子が口をパクパクさせながら、驚愕の目でプリシラを見る。

プリシラはビクッと肩を震わせると、今度は涙ながらにミカエルにすがった。

「一生仕えますって言ってくれましたよね？　わたしのこと、一生愛してるって言いましたよね？」

ミカエルが、まるで汚物でも見るような目をプリシラに向ける。

プリシラが怯《おび》えたように後ずさりした。

「やめて！　そんな目でわたしを見ないで！」

そして、クロエを見ると、歪んだ形相で飛びかかった。

「せっかく上手くいっていたのに！　あんたが！　あんたが悪いのよ！　許せない！　許せない！」

鬼のような形相でクロエに摑み掛かろうとするプリシラを、オスカーが無言で押さえて、騎士に引き渡した。

大暴れしながら泣き叫ぶプリシラが、騎士二人に両脇を抱えられ、ずるずると引きずられるように連行されていく。

その様子をながめるクロエに、オスカーが耳打ちしてきた。

「クロエ、動くようだぞ」

顔を上げると、恰幅の良い中年男性が、真っ青な顔で会場から逃げ出していくのが見える。

オスカーが、クロエに囁いた。

「行こう」

クロエはうなずいた。

「はい、これで終わりにしましょう」

◇◇◇

会場から逃げ出したライリューゲ子爵は、必死に走っていた。

(まさかこんなことになるとは！)

魔道具を手に入れてから、ずっと上手くいっていた。

娘のプリシラを学園に送り込んでナロウ王子とその側近を誑《たら》し込み、田舎のしがない男爵から一転、第一王子の婚約者の父親となった。

王宮に入り込み、若い貴族を中心に人脈を広げ、ナロウ王子の派閥を作った。

あと少しすれば、国王が死去し、セドリックが自発的に王位を譲って、ナロウ王子が国王、プリシラは王妃になる予定であった。

（それなのに、なぜこんなことになっている……！）

婚約披露パーティを理由に、国内外から有力者を一堂に集め、魔道具を使って一気に洗脳するつもりだった。

公衆の面前で、ナロウ王子にクロエ・マドネスを断罪させ、全ての罪を着せて捕らえるはずだった。

死刑判決を受けた彼女を裏から引き取って隷属させ、一生働かせるつもりだった。

（それなのに！　くそっ！　あの女！）

すさまじい形相でギリギリと歯嚙《はが》みしながら唸り声を上げる。

（だが、まだ間に合う！）

彼は、足がもつれて転ぶことも気にせず、転がるように廊下を走り抜けた。階段を飛ぶように下りて、石造りの地下に下りると、ただひたすら、まっすぐ走る。

そして、地下の一番端の扉を開くと、肩で息をしながら絨毯をめくった。

絨毯の下から出てきたのは、大きな引き戸だ。

子爵が、腕に力を込めて引き戸を開くと、キィイ、と戸が音を立ててゆっくりと開く。

彼は、傍らにおいてあった魔導ランタンに火を灯すと、地下につながる階段を駆け下りた。

地下は石でできたやや広めの空間で、奥にはどこかへつながる道が出ている。

そして、空間の真ん中には、黒い布が掛けてある、子どもの背丈ほどの何かが置いてあった。

「あいつら――、目に物を見せてくれる！」

子爵はそれに駆け寄ると、震える手で布の一部をめくった。

付いているレバーのようなものを操作しようと手をかけ――、怯えたように背中をビクリと震わせた。

聞こえてくるのは、ぴちょんぴちょん、という水の滴る音に混じって、カツカツという足音。

振り向くと、そこには魔導ランタンを掲《かか》げたクロエと、その彼女を横抱きに抱えたオスカーの姿があった。

クロエがよいしょとオスカーの腕から下りると、驚愕の表情を浮かべる子爵に向かって淡々と言った。

「ようやく見つけました。なるほど、こんなところにあったんですね」

した。

◇◇◇

十分ほど前。

ライリューゲ子爵が会場から逃げ出したのを見て、クロエとオスカーは行動を開始した。

「行きましょう」とクロエが走り出す。しかし、二、三歩も走らないうちに、ガクッとよろめいた。

「く、靴が……」

よく考えたらパーティ用のヒールの高い靴だったわと、華奢《きゃしゃ》な靴を脱ぎ捨てて素足で走ろうとすると、ふわりと体が浮く感覚がした。えっ、と思って見上げると、そこにあったのはオスカーの端正な顔だった。

「そのまま走ったら怪我をするぞ。それに、君が走るより、俺が君を抱えて走った方が早い」

オスカーが、驚いた顔をするクロエを軽々と抱えながら、早足で歩きだした。

クロエは安堵の息を吐いた。心の準備はしていたものの、ずっと緊張していたせいか、オスカーの体温がとても心地よく感じられる。

廊下に出ると、見張っていた騎士たちが、「あちらに行きました」と教えてくれる。

その方向に足を進めながら、オスカーが頬を緩めた。

「立派だったな。見惚《みと》れてしまった」

「オスカー様とセドリック様がいなかったら、あんなの無理だったと思います」

そう言いながら、クロエは俯いた。無事に大役をこなせたという安堵の気持ちと、オスカーから褒められた嬉しさが胸の奥からこみ上げてくる。

オスカーはそんな彼女に軽く口元を緩めながらも、猛スピードで進んでいく。

廊下に等間隔に立っている騎士たちに、行く先を教えてもらいながら、階段を下りて地下に下りると、奥の部屋からガゴンという何かが閉まるような音が聞こえてきた。

「あそこですね」

「そうだな」

奥の部屋に入ると、そこは缶詰が詰まっている棚が並ぶ、食料品置き場のようだった。一見すると何もない埃っぽい部屋だが、敷いてある絨毯が派手にめくれあがっており、そこに引き戸があるのが見えた。

オスカーはクロエをゆっくりと下ろすと、黒い金属の取っ手に手をかけた。

「なるほど、ここか」

「これは何ですか？」

「恐らくだが、直系王族にしか知らされない抜け道の類《たぐい》だろう。……ナロウ殿下が教えたのかもしれないな」

引き戸を開け、オスカーがクロエを抱えて下に下りると、そこは広い石室。中央には、驚愕の表情を浮かべたライリューゲ子爵と、黒い布に包まれた箱のようなものが立っていた。

「あれか」と小声で尋ねるオスカーに、「間違いありません」とクロエがうなずく。

オスカーに下ろしてもらうと、狼狽で目を白黒させる子爵に、淡々と言った。

「ようやく見つけました。なるほど、こんなところにあったんですね」

「くっ！」

子爵が顔を歪めて、箱の横に付いている何かに触れようとする。

オスカーが一瞬で移動すると、子爵に体当たりした。

「ぶべっ」

毬《まり》のように転がっていく子爵を見送りながら、クロエは箱に近づくと、黒い布を引っ張った。

現れたのは、静かに佇《たたず》む、銀色に光る傷だらけの四角い箱。

クロエは、そっとその表面に指を走らせた。

「古い傷と、最近の傷がありますね。最近の傷は、むりやり分解しようとした感じなので、攫った魔道具師たちに調べさせたというところでしょうかね、ライリューゲ子爵――」

そこで彼女はいったん言葉を切ると、起き上がった子爵の顔を見た。

「――いえ、Lieluge《リエルガ》子爵、と言った方が良いのでしょうか」

「……っ！」

「まさか、リエルガ帝国の皇帝の末裔《まつえい》がいるだなんて、思いもしませんでした」

「き、貴様！　な、なぜそれを！」

子爵が、恐怖と驚きの入り混じった表情を浮かべる。

クロエは、「さあ、なぜでしょうね」とつぶやくと、オスカーにうなずいた。

「もう連れて行って大丈夫です。あとはわたしがやります」

「わかった」

「くそっ！　離せ！　俺を誰だと思っている！　離せ！　離せと言っている！」

オスカーが無表情のまま、暴れる子爵を捕らえた。

気遣うようにクロエを見ると、子爵を押さえながら階段を上っていく。

クロエが、その後ろ姿を静かに見送る。

そして箱に向き直ると、そっとその側面を撫でながら、前世の言葉で懐かしそうに話しかけた。

『調べていて、もしかしてとは思っていたけど、やっぱり君だったんだね。久しぶりだね、元気だった?』

箱が、どことなく懐かしそうに光る。

それは、前世のクロエが作った箱型の魔道具であった。

彼女は魔道具に頬を寄せると、愛おしそうにつぶやいた。

『まさか、君に会えるとは思わなかったよ。ふふ、傷だらけだね。さすがに千年経つと、年を取るね』

魔道具を作ったときのことを思い出しながら、クロエは、くすりと笑った。

『あの時はさ、リエルガ帝国のお偉いさんに「トラウマを抱えた兵士に医師を信じさせるための魔道具を」なんて言われて君を作ったけど、結局のところ、こうやって洗脳に使っていたんだろうね』

何も言わず、魔道具が静かに光る。

彼女はくしゃりと顔を歪めると、額を魔道具の冷たい壁面に押し付けた。

『……ごめんね、わたしが愚かだったばっかりに、君に、こんなにボロボロになるまで、たくさん酷いことをさせてしまった。わたしは親失格だ』

彼女は潤んだ視界で魔道具を見上げると、微笑んだ。

『会えて嬉しかったよ。もう休んで』

壁面に魔力を流し、出てきた自壊スイッチを震える手で押す。

魔道具が、お別れを言うように一瞬小さく鳴ったあと、ゆっくりと止まる。

クロエは、ぺたりと座り込んだ。止まってしまった魔道具に寄りかかり、両手で顔を覆う。

そして、彼女は一人、魔道具に寄り添いながら、オスカーが迎えにきてくれるまで、涙で頬を濡らし続けた。

◇◇◇

婚約披露パーティは、即刻中止になった。

出席した貴族たちの中には、「一体どうなっているんだ」と騒ぐ者もいたが、国王による謝罪と厳しい緘口令《かんこうれい》の発令により、渋々口を閉じざるを得なかった。

後日、王宮にて事情聴取が行われた。

オスカーに連れられたクロエは、取り調べの文官に「なぜ魔道具の関与を疑ったのか」と尋ねられ、こう答えた。

「未開封の酒に異物が混入していることに気がついて、もしかしてと思いました」

地下で発見された魔道具を動かせないかと尋ねられたが、クロエは首を横に振った。

「見せてもらいましたが、中身が完全に破壊されています。どんな仕組みの魔道具だったか知ることすら不可能です」


一方、ライリューゲ子爵とプリシラ、ナロウ王子やその取り巻き、主治医など、事件に関わった者たちに対しては、厳しい取り調べが行われた。

ナロウ王子や主治医など、洗脳を受けて犯行に及んだ者たちは、ショックのあまり話ができる状態ではなく、プリシラに至っては泣くわ喚くわの錯乱状態。

唯一まともにしゃべれたライリューゲ子爵は、自らを『千年前にこの大陸を支配していたリエルガ帝国の帝室の末裔』と名乗った。

ライリューゲ家には、代々伝わる『本』が存在し、その本により、自分たちがリエルガ帝国の皇族であることと、どこかに強力な魔道具兵器が隠してあることを知ったらしい。

子爵はその記述を信じ、長い時間かけて領地を探索して、大山脈の麓に頑丈な石室を発見した。

石室の中には、たくさんの見たこともない魔道具が置いてあり、その中で唯一動く魔道具が、例の魔道具だったという。

「本により、私はそれが洗脳のための魔道具だと知った」

本には、魔道具から発せられた波動を浴びた者は、魔力登録した人間の言うことを何でも信じるようになる、と書いてあった。

当時は、植民地支配のための魔道具として使われていたらしい。

子爵は、それに自分とプリシラの魔力を登録すると、王都のティーサロンに運び込ませて、ナロウ王子とその取り巻きを洗脳。

プリシラとナロウ王子が婚約した後は、城にその魔道具を持ち込み、城全体に洗脳を始めた。

誰もが子爵とプリシラに傾倒し、彼らの言うことを全て信じるようになった。

残念ながら、魔力量の高い国王は洗脳が効きにくかったため、主治医に毒を盛らせてジワジワと弱らせ、病気に見せかけて殺そうと企《たくら》んだ。

彼はこう考えていたそうだ。

「国王が死んで、ナロウ王子が即位すれば、この国は私のものだ」と。

誤算だったのは、魔道具から発せられた波動が、水分に微妙な影響を与えること。

それをセドリックに勘づかれたお陰で、クロエに調べられ、事件が発覚してしまった。

この話を聞いたライリューゲ子爵は、こう言ったという。

「私には、運がなかったのだ」

その後、裁判が行われ、それぞれの処分が決まった。

ライリューゲ子爵と娘のプリシラは極刑。一族は財産没収の末、爵位はく奪となった。

ナロウ王子とその側近たち、主治医などの洗脳を受けた者たちへの処分については、

「洗脳されていたので、仕方なかったのではないか」

「どんな状況であろうと、やっていいことと悪いことがある」

など、様々な意見が出て、揉めに揉めたが、

「情状酌量の余地はあるが、何も罰しないというわけにはいかない」

ということになり、辺境の砦《とりで》に送られ、国境線の防衛などにあたることになった。

働きと反省が認められれば戻ってこられるが、元の通りとはならないだろう。

そして、それぞれの刑が執行され、ようやくこの前代未聞の洗脳事件は、終わりを告げた。

◇◇◇

婚約披露パーティの約八か月後。

春の日差しが暖かな、よく晴れた午後。

ソリティド公爵家の明るいティーサロンにて、セドリックとコンスタンスがお茶を飲んでいた。

若葉色の庭園をながめながら、他愛もない話に花を咲かせる二人。

コンスタンスが、ふと思い出したように言った。

「そういえば、例の一件がようやく全て片付いたと聞きましたわ」

「うん、本当にようやくって感じだね」

やや疲れ気味のセドリック曰く、調査すべきことが多岐にわたっていたせいで、とても大変だったらしい。

コンスタンスが、カップをソーサーの上に丁寧に置くと、セドリックに尋ねた。

「わたくし、ずっと不思議だったのですが、どうして、元子爵はクロエを狙ったのでしょうか」

「彼曰く、欲が出たらしいよ」

徐々に政治が思うがままになり、元子爵は欲が出た。

遺《のこ》された魔道具の全てを動かすことができれば、世界征服も夢ではないのではないかと思い始めたのだ。

彼は、次々と有名魔道具師を攫ってきては、洗脳して魔道具を解析させた。

しかし、誰も歯が立たず。皆口を揃えてこう言ったらしい。

「クロエ・マドネスであれば恐らく可能だ、彼女の魔道具には似た仕組みが使ってある」

そこで、元子爵はナロウ王子を使って、クロエを捕らえることにしたらしい。

セドリックが肩をすくめた。

「あの婚約披露パーティの断罪劇も、クロエ嬢を冤罪《えんざい》で死刑判決させることが狙いだったらしいよ」

会場にいる人間に強い洗脳を行い、クロエ・マドネスを断罪させ、そのまま手に入れる。

「処刑したことにして裏で手を回して家に幽閉し、魔道具の解析をさせるつもりだったようだ。全くもって、悪知恵の働く男だったよ」

そうだったのですね、とコンスタンスが険しい顔をする。

「そういえば、ライリューゲ元子爵が見つけた他の古代魔道具はどうなったのでしょうか？　世の中を変えるような強力な兵器が含まれていると聞きましたが」

今回の魔道具事件は、国家の威信に関わるとして秘密裏に処理された。しかし、人の口に戸は立てられず、貴族の間にこんな噂が流れた。

『ライリューゲ領には、世の中を変えるような強力な兵器が隠されている』

セドリックは、「ああ、あれか」と苦笑いしながら椅子の背もたれに寄りかかった。

「あれは半分事実だね。元子爵の証言によると、祖先が作った石室の中には、動かないものの相当数の魔道具があったらしい」

「そうなのですか」

彼曰く、王宮内はかなり盛り上がったらしい。

「特に文官たちの鼻息が荒くてね。兵器は幾らあっても困らないと、大規模な調査隊が組まれて、ライリューゲ領に向かったんだ」

しかし、それは徒労に終わったという。

「調査に同行した騎士の報告では、現場はグチャグチャだったらしいよ。近くの牧場に住んでいる住民の話では、突然大爆発が起きたらしくて、全ての魔道具が跡形もなく吹き飛んでいたようだ」

「まあ」と、コンスタンスが口元に手を当てる。

セドリックが、やれやれといった風に肩をすくめた。

「文官たちは非常に残念がっていたが、私はそれで良かったと思っているよ。過ぎた武器など手に入れたところで良いことはないからね。滅びたリエルガ帝国や、ライリューゲ元子爵のように」

「そうですわね」と相槌を打ちながら、コンスタンスは窓の外をながめた。思い出すのは、ある夜、煤《すす》まみれになって帰ってきた兄とクロエの姿。

窓の外では、若葉色の木々が春風に吹かれてざわめいていた。

五．同じ風景

クロエがブライト王国を出て、約二年後。

枯れ草に覆われた草原が、一面若葉色へと変わる、春。

丸眼鏡に大きめのジャケットを羽織った『薬師ココ』ことクロエと、紺色のマントを羽織ったオスカーが、夕暮れ時のサイファの街を歩いていた。

クロエを見て、街の人や冒険者たちが、笑顔で声をかけてきた。

「よう、ココ、明日出るんだって？」

「寂しくなるねえ」

「明日見送りに行くからな！」

「ココちゃん、また来てね！」

彼らに、「ありがとう」と手を振っている彼女を見て、オスカーが微笑んだ。

「嬉しそうだな」

「はい、数か月間離れはしましたが、この街で最後まで暮らせて本当に幸せでした」

◇◇◇

王宮での事情聴取とライリューゲ子爵の後始末を終えた後、クロエは、オスカーと共に急ぎサイファの街に戻った。

（騒動の発端になった上に、三か月近く留守にしてしまったわ）

みんな怒っているのではないだろうか。

そう不安になっていたクロエを、街の住人たちや冒険者たちは温かく迎え入れてくれた。

「みんな！　ココが帰ってきたぞ！」

「無事だったのね！　良かったわ」

「今日は宴会だ！　『虎の尾亭』に集まるぞ！」

その日、『虎の尾亭』で開いてもらった「薬師ココ、お帰りなさいパーティ」をクロエは一生忘れないだろう。

クロエが帰ってきたと聞きつけ、アレッタの街にいたブラッドリーとアルベルトも駆けつけてくれた。

ブラッドリーに、婚約披露パーティで証言してくれた件のお礼を改めて言うと、彼は気にするなという風に笑った。

「返したかった借りが返せてちょうど良かったわい」

アルベルトは、元気そうなクロエに、心からホッしたような顔をした。ずっと心配していてくれたらしい。

そして、オスカーとクロエが一緒にいる姿を見て、少しだけ悲しそうな顔をした。見たことのない表情に、どうしたのだろうと気になったが、何となく聞いてはいけない気がして、最後まで何も言えずに終わった。

彼は、翌週にはサイファに戻ってくるらしく、クロエがサイファを去った後に、王都の冒険者ギルド本部に赴任するらしい。

そして、にぎやかな「薬師ココ、お帰りなさいパーティ」の翌日、クロエは早速、営業再開の準備に取り掛かった。

彼女が薬作りに没頭している横で、オスカーが店の中を掃除し、有志で集まってくれた冒険者が、店の窓や看板を綺麗にしてくれる。

お陰で、夜になる頃には、すっかり開店の準備が整い、翌日早朝、薬屋は無事に再開した。

オスカーが国に帰った後は、もう隠す必要もないからと、ついでに魔道具屋も始め、超強力魔導ランタンなどの冒険者に喜ばれる魔道具を開発するようになる。

お陰で、またすぐに毎朝たたき起こされる薬屋になってしまったが、薬屋兼魔道具屋は以前にも増して大盛況となった。

契約期間の二年を終了するにあたり、ブラッドリーから、「本部専属の『薬師兼魔道具師』にならないか」と誘われたが、ここらへんが引き際だろうと、丁重に断った。

オスカーとは、定期的に手紙の交換をしており、ブライト王国に帰ると告げると、帰る三日前にサイファの街まで迎えに来てくれた。

以前のように料理を作り、置いていく薬を作るのに手いっぱいのクロエに代わり、家を片付けて荷物をまとめてくれた。彼には感謝しかない。

そして、最終日の今日。

『虎の尾亭』で開かれる送別会の前に、オスカーと一緒に街を歩いている、という次第だ。

◇◇◇

二人は、夕暮れどきのサイファの街を通り抜け、城門に到着した。

門番がクロエを見て、ニカッと笑った。

「よう、ココ、城壁に上がりに来たのか？」

「今日で最後だから、見ておきたいと思って」

「いいぞ。完全に暗くなる前に戻ってこいよ」

門番が鍵束を出して、城門の横にある木戸を開けてくれる。中は急な石の階段になっており、城壁の上へとつながっている。

クロエが、オスカーを振り返った。

「行きましょう」

門番に見送られ、薄暗い階段をゆっくりと上っていく。

そして、城壁の上に出て、オスカーは大きく目を見張った。

「……これは素晴らしいな」

目の前に広がるのは、海のように広がる草原と、薔薇色の雲が浮かぶ夕方の空。

遠くにオレンジ色に染まった雄大な大山脈が見える。

端正な顔に感動の色を浮かべるオスカーを見て、クロエが満足そうに笑う。そして、広大な草原を風が、ざざっと音を立てて駆け抜ける様をながめながら、口を開いた。

「わたし、この街でこの景色が一番好きで、いつかオスカー様と一緒に見たいと思っていたんです」

オスカーが、そうか、と嬉しそうに目を細める。

クロエが、そんな彼を見上げた。

「わたし、本当に感謝しているんです。オスカー様がいなかったら、わたし、どうしていたか想像もつきません」

黒ローブの男たちに襲われたときも、魔道具が事件の発端だと気づいた時も、婚約披露パーティで断罪されそうになったときも、自分が過去に作った魔道具と対峙《たいじ》したときも。

オスカーは常にクロエを信じ、支え助けてくれた。

クロエは感謝の目でオスカーを見た。

「わたし、前世も合わせて一番よくできた魔道具は、一年前に作った『新・成分分析の魔道具』だと思うんです」

「そうなのか？」

「はい。出来上がった時は飛び上がるくらい嬉しかったんです、あんなに嬉しいことは他にないなってくらい」

「…………なるほど」

話が読めず、やや首をかしげるオスカーに、クロエが微笑みかけた。

「でも、今は、それよりもオスカー様と会えたことの方がずっと嬉しいと思っています。わたし、オスカー様にお会いできて、本当に良かったです」

彼女の素直な言葉に、オスカーが目を見開く。そして、手を口元に当てて横を向いて、何か耐えるような顔をすると、軽く息をついて、クロエを真っすぐ見た。

「俺も、俺の人生で一番の幸運は君に会えたことだと思っている」

真摯な青色の瞳に見つめられ、クロエは思わず目を逸らした。

なんだか、胸のあたりがくすぐったい感じがする。

胸元をさすりながら頬を染めるクロエを愛しげに見つめると、オスカーは、つと目を上げて、街の反対側を指差した。

「むこうの方には何があるんだ？」

「……あ、ええっと、あっち側からは湖が見えます。とても綺麗ですよ」

「では、暗くならないうちに行くとしようか。君が綺麗だと思ったものを、俺も見たい」

オスカーが優しく手を差し出す。

クロエは、その大きな手に自分の手を乗せると、何だか手が小さくなった気がするわ、と思いながら、照れたように笑った。

「オスカー様の手って、大きくて温かいですね」

オスカーが「クロエの手は小さいな」とつぶやくと、少し冷えた華奢な手をそっと包み込む。

温かな幸福感に包まれながら、クロエは思った。もしかすると、自分はずっとこの人と一緒にいるのかもしれないわ、と。

薔薇色に染まった空の下、二人は寄り添うように歩き始めた。

どちらかが指を差した方向を一緒に見ては、楽しそうに笑い合いながら進んでいく。

夕日が、二人の今後を祝福するように、その背中を照らしていた。

あとがき

こんにちは、優木凛々《ゆうきりんりん》です。このたびは本作を手に取りお読みいただきまして、ありがとうございます。

一巻のあとがきでは、「物語を書いた切っ掛け」について書かせていただいたので、今回は登場人物について書かせていただこうかと思います。

私はこの小説を書くまで、よく言われる『小説の登場人物が勝手に動く』という言葉を今一つ信じ切れていませんでした。「自分で作っているのだから、無意識に自分で動かしているのではないか」頭のどこかで、そんな風に思っていたのです。

しかし、本作を執筆している過程で、私は『登場人物は勝手に動くもの』という説を信じざるを得なくなりました。

このことを最も強く教えてくれたのは、オスカーです。

当初の設定では、彼はコンスタンスに似た美しい容姿を持つ、クールな騎士でした。なので、公爵家出身の高貴な存在という設定で書き進めていたわけですが、彼は予想外の行動に出ます。

なんと、いきなり料理を始めたのです。しかも、きっちり片付けまでする始末。整理整頓も上手で、クロエの散らかった作業場をあっという間に綺麗にしてくれました。小説の中で、クロエも驚いていましたが、実は私も一緒に驚いていました。

「え、君、料理できるの⁉」思わずそう叫んでしまったような気がします。

他にも、コンスタンスとセドリックが良い感じになったのも意外でしたし、ミカエルの壊れぶりにも引きました。最後の魔道具とのお別れのシーンでは、思わず涙がこぼれそうになりました。これらに関しては、完全にキャラが勝手に動いたと思います。

こんな感じで、登場人物たちが勝手に動いて出来上がった本作ですが、二巻でようやく話の区切りを付けることができました。ここまでお読み頂いた皆様には感謝しかありません。

ちなみにこの作品は、「ドラドラふらっとｂ」にてコミカライズされる予定です。とても楽しい仕上がりとなっておりますので、ぜひ楽しんでいただければと思います。

最後に、丁寧な指導をして下さった編集者様、あっと驚くイラストを描いてくださったくにみつ様、その他、関わって下さったすべての皆様に、この場を借りてお礼を申し上げます。それでは、またの機会に。

二〇二三年　冬　優木凛々

<初出>
本書は、「小説家になろう」に掲載された『どうも、前世で殺戮の魔道具を作っていた子爵令嬢です。』を加筆・修正したものです。
※「小説家になろう」は株式会社ヒナプロジェクトの登録商標です。

メディアワークス文庫

どうも、前世《ぜんせ》で殺戮《さつりく》の魔道具《まどうぐ》を作《つく》っていた子爵令嬢《ししゃくれいじょう》です。2

優木凛々《ゆうきりんりん》

2024年1月25日　初版発行

発行者　山下直久
発行　株式会社KADOKAWA
〒102 - 8177　東京都千代田区富士見2 - 13 - 3
0570-002-301（ナビダイヤル）
装丁者　渡辺宏一（有限会社ニイナナニイゴオ）
印刷　株式会社暁印刷
製本　株式会社暁印刷

ISBN978-4-04-915473-3 C0193

メディアワークス文庫　https://mwbunko.com/

本書に対するご意見、ご感想をお寄せください。

あて先
〒102-8177　東京都千代田区富士見2-13-3
メディアワークス文庫編集部
「優木凛々先生」係

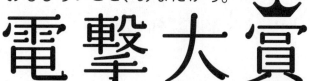